U0018602

すなっく
美味
はな
2F
軽食・喫茶
美味
はな
2F
☎0467(23)8733
りんでんばうむ
イタリア料理
酒処 山びこ
2F
女性民宿
3F
和風スナック
おぐら
2F
Magical
AMA
天むす家
TENMUSUYA
ハイカラムスビ
かまくら泌尿器科
(23)5122
小町
2−8
りんでんばうむ
イタリア料理
各階ご案内
酒と肴
幕の内弁当
和風スナック
おぐら
ビール 550
オールド 6.000
サントリー角 5.500
ブランデー 7.000
LINDENBAUM
りんでんばうむ
1F奥
鎌倉市地域振興券
取扱店舗証

東京的女兒

新井一二三

出発
出口(EXIT)
しゃ断機が鳴り出したらきけんですから通らないでください
駅長

【序】

東京的女兒

新井一二三

我是東京的女兒。
父親是東中野壽司店老四，
母親來自葛飾龜有長房屋，
我則生在澀谷紅十字產院。

我是東京的女兒。
童年過在北新宿，
中學讀在高田馬場，
補習班去了代代木，
大學就是早稻田。

我是東京的女兒。
有人叫我新宿狼女，
一度潛逃去過鎌倉，
青山約會始終是夢，
不敢踏進御徒步町。

我是東京的女兒。
從小遠足去上野動物園，
曾打工在丸之内警察局，
來勁坐水上巴士到淺草，
在車站飯店嚐孤獨之味。

我是東京的女兒。
飯田橋日中學院畢業生，
在六本木劇場發現上海，
出國後想念千鳥淵櫻花，
點歌都要唱東京搖籃曲。

我是東京的女兒。
雖然算不上老江户，
如果有人問我是誰，
一定驕傲地告訴他，
我就是東京的女兒。

本卷收錄的散文，先出現於《TVBS周刊》、《自由時報》、《中央日報》、《中國時報》。
我在此感謝各位編輯，以及大田出版社同仁。

鎌倉駅
鎌倉駅

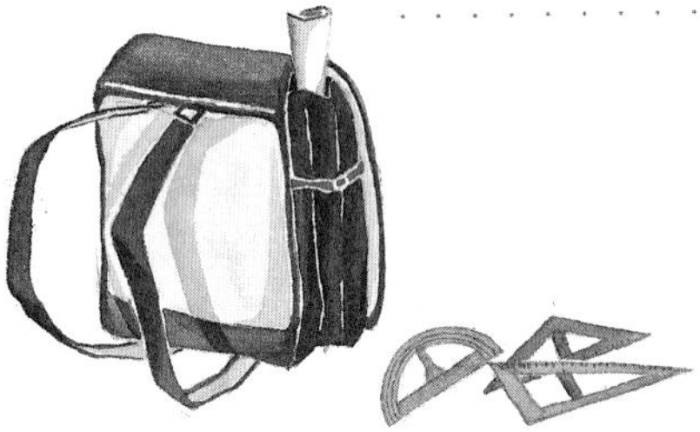

卷二：女兒的疼痛

contents

contents

とびだし
注意

卷一

青春搖籃曲

新宿狼女傳

曾有一段時間，我一喝醉酒就無法控制自己的嘴巴，非得咬住旁人不可。那是從十九歲到二十出頭時候的事情。

記得頭一次，我跟幾個慶應大學文學系的男生一起喝酒，其中一個是我高中時候的同學。至於我爲甚麼參加了他們的聚會，則已經不記得了。反正，地點是新宿東口背靜街道上的一家居酒屋，時間是我大學一年級的春天。

當年，大學生喝的是最便宜的國產威士忌加水加冰塊。捏鼻子喝下幾杯以後，整個世界都開始旋轉。沉入醉鄉，大家做出來種種奇怪的事情。那晚有個男生挑撥我說：「你敢不敢咬我？」

「怎麼不敢？我跟你們慶應的女生可不同，老子是早大政治系的，牙齒好得很呢！」說著我咬住了他脊背。

「喔！」他的尖叫聲引起了別人的注意。有人拉上他襯衫看背後，果然有完整圓形的薔薇色牙印。

「我也要你咬！」另外一個人拉上了自己的襯衫。「好啊，」「我也要！」就那樣，我連續咬了好幾個人的脊背。請別問我爲甚麼，青春本來就是很瘋狂，沒辦法解釋的。最後，大家離開居酒屋，但是末班車早已走了。無可奈何地，躺在街邊，覺得柏油路很冷，但是天上的星星很漂亮。

自從那晚，別人開始叫我新宿狼女。慶應大學文學系，有很多同學要跟我一起喝酒，目的不外是叫我咬住他們的脊背。我一般樂意接受了邀請，卻再也沒咬慶應男生。不爲甚麼，只是覺得沒意思。

不過，我的嘴巴，那一段時間確實有點癢。我開始猛烈抽煙，也經常咬斷鉛筆。偶爾喝醉酒的時候，實在控制不住自己，咬住了毫無警惕的旁人。

最後一次咬人，我都記得很清楚。那是大學三年級的冬天，地點在於新宿西口一棟大樓地下的酒吧。我跟一個新聞記者一塊去喝酒。當時在東京，卡拉ＯＫ剛開始普及，酒吧的客人都邊喝酒、邊唱歌、邊拍手、邊聊天，氣氛特別熱鬧。只有帶我去的那位記者，不知在忙甚麼，一直講著電話，理都不理我。

受了冷落，我可不高興，貼近過去，一口氣咬住了他手腕。當我咬的時候，總是使勁咬，一定非常痛，但是，他一點也不變表情，繼續講電話，我下不了台，只好繼續咬。

別人看著，都覺得場面有點不對。站在吧台裡面的媽媽桑皺了眉頭。最後他講完電話，我鬆開嘴巴時，雖然不至於流血，但是手腕上的牙印特別深，簡直像橡皮筋。

弗洛伊德說，大約一歲半以下的嬰兒處於口腔期，從嘴巴刺激得到滿足感。二十歲左右的我很像口腔期的小娃娃，是否小時候留下的心理不滿爆發的?後來，我開始談戀愛，咬人的怪癖逐漸消失了。

高田馬場散步

「咱們去散步好嗎？」他問我。

當時，他十七歲，我則十六。那天，第一次相約在高田馬場火車站附近的一家咖啡館。

從咖啡館出來，天空早已轉黑。東京的十二月傍晚相當冷，何況我那天只穿著一件棉布襯衫和薄薄的風衣。本來當然要穿毛衣出來的，可是衣櫃裡沒找到好看的。與其穿難看的毛衣赴約會，倒不如穿少但好看些。我特意熨了棕色襯衫，心想：反正，一到室內就有暖氣了。「好啊，」我答應，雖然心中非常不願意。

眞不巧，人家偏偏要出去散步。我很希望，他決定在火車站附近溜達溜達；周圍有的是商店、餐廳、電影院，找個藉口進去就是了。

「往早稻田走，好嗎？」他卻問我。

那兒跟火車站是相反的方向。路邊主要是舊書店，這個時候很多都關門了。三年後，我上早稻田大學，也很少從高田馬場火車站走到大學；大約半個鐘頭的路程，即使在大白天，都嫌有點遠，何況在冬季傍晚。

我全身冷得發抖，雙腳也開始發痛了。一九七八年的十六歲女孩，約會經驗甚少，不僅沒有合適的衣服，而且缺乏合適的鞋子。於是我穿著母親的高跟鞋出來。本來就緊了一點，再加上不習慣，沒走幾分種，已經痛得要死了。

「你眞安靜，」他說。

當然了，我既怕冷又腳痛，根本不能說話。但是，人家顯然誤會，我害羞不敢說話的。他是比我高一年級的文學少年，經常寫極爲浪漫的愛情詩，我還以爲他具有細膩的感受性，未料可眞遲鈍。

「很高興你也喜歡散步。自古以來，很多詩人都是邊散步邊創作的，」他一點也沒有察覺我的苦處。

我覺得很冷、腳後跟被鞋磨破流著血，這些事情，也許我可以告訴他。但是，還有一件，最關鍵的事情，在那個情況下，我是絕對不能說出來的；也就是，我有經痛。

長話短說，沒走到早稻田，我無法再忍耐下去，自己坐公共汽車回到高田馬場了。他以爲我在鬧小姐脾氣，一個人繼續走去了。十七歲少年的想像力是非常有限的。

那一趟散步，只持續了二十分鐘左右，但是在我半輩子裡，無疑是最難堪的經驗之一。

差不多二十年以後，在香港，我跟一個男人去吃飯。往中環半山的義大利餐廳，下車以後稍微要走上坡的。

「你能走路嗎？腳不痛嗎？」他問我。

好像終於見到了成熟的男人，我心想。離高田馬場走了可遠的路了。

「不，」我笑著回答，雖然那天剛買的紅色高跟鞋其實有一點緊。

鎌倉潛逃

我這半輩子，最接近私奔的經驗，乃高中三年級的春天，跟同班同學Ｉ一起曠課去鎌倉海灘的那一次。

二十年後回想，我本人都想不通，到底有甚麼原因平日要曠課去海邊；等到星期天，就可以光明正大地去玩的。大概，年輕情侶喜歡造成不必要的麻煩，因而扮演悲劇的主人翁。

那天，我們先在學校見面，用眼神確認實行既定計畫。上完第二節課，Ｉ先溜出去，在地鐵站附近的咖啡館等我。晚一個鐘頭，我也偷偷地離開了教室。當第四節課開始的時候，我們已經在開往海邊的慢車上了。

記得那天我穿著很緊的牛仔褲、淡紫色棉布做的寬鬆圓領襯衫，以及藍色串珠的項鍊。早晨的天氣預報說陰轉雨，我考慮配色，選擇了透明粉紅色雨傘。至於Ｉ的服裝，卻一點印象都沒有，可見年輕的戀情多麼自我中心。我只記得跟平時一樣，他赤腳穿著涼鞋。

從東京品川站坐湘南電車到古都鎌倉，大約是一個鐘頭的旅程。中午的車廂裡沒多少人。我從小是個好學生，從來沒曠過課，然而那天的潛逃，倒是我主動提出的，心中既興奮又不安。I本來就沉默寡言，上了車以後，更完全不說話了。

浪漫愛情劇裡的年輕男女，一旦相愛就手拉手地跑去海灘，好像水邊代表著生與死。我和他也是爲了一起看大海而出來的。雖然鎌倉有很多名勝古蹟，我們倒直接往由比濱散步去了。

當年有一首校園歌曲叫〈北鎌倉〉，其中一段是：「你在由比濱拾櫻蛤。」我也想做在由比濱拾櫻哈的「你」。但是，我們到達時，天已經開始下毛毛雨，無法玩耍了。

我打開粉紅色透明雨傘，在潮濕的沙灘上，跟他並肩坐著看灰色大海。彼此不知說甚麼話好，只好學電視劇的登場人物，沉默地接吻。I的嘴唇緊閉得一點也不軟不暖，使我感到稍微失望。

我們沒吃午飯覺得很餓，從海邊走回車站附近，在一家食堂吃了拉麵。I好像怕吃熱的，吃拉麵的速度特別慢。我不想比戀人先吃完，於是故意一條一條地慢慢吃，不久拉麵涼了可不好吃。

我們回到東京品川車站時，已經傍晚七點鐘了。我得給家裡打電話。未料，接電話的母親早就知道我跟I一起曠課了，是班主任讓一個同學告訴我母親的。

回到家，母親並沒有罵我，反而用冷冰冰的聲音說，「你好好考慮吧。」然後，大約一個星期，她都不跟我說話。多年後，我得知英文有個詞兒叫「沉默待遇（silent treatment）」。從自身的經驗我知道，那眞是不好受。

新宿站七號月台

每次火車停在新宿車站時，我的雙眼都無意識地尋找七號月台，雖然明知道牛郎不會在那裡等著我。

新宿是我耗費青春歲月的地方。當年跟朋友們約會，一定在紀伊國屋書店門口；見面後要麼去對面中村屋地下的咖啡廳，或者到後面的爵士樂酒館DUG。

有一年，我們辦起同人雜誌，就把紀伊國屋書店二樓的BROOKBOND紅茶店當作編輯室，經常一坐就是好幾個鐘頭。我第一次見到大久保，也是在那家紅茶店。

他是編輯部成員山口在一橋大學社會學系的同學。山口說，他對容格（Jung）派心理學造詣很深，尤其對別人的夢特別感興趣。

「於是我自願當上了實驗材料，每次做夢都向他仔細報告的，」山口說。

大久保個子高瘦，頭髮稍長，那天穿著磚頭顏色的套頭毛衣。他腮幫子好像在微笑，眼睛卻是漠不關心的樣子。現在回想大久保，我第一個想起來的就是那難以捉摸的表情。

他打開筆記本給我們看。裡面果然寫著，過去幾個月山口做的每一個夢。

「本來內容很單純。通過跟我的談話，山口的無意識健康地成長，進步得很快，」大久保解釋。

聽他那麼說，山口的臉稍微發了紅。看著他們兩個男人的樣子，我不由得聯想到主人和愛畜，雖然大久保並沒有飼養山口，至多培養他的夢而已。

後來我跟大久保見面，山口一定在旁邊。這樣子好，我告訴自己，反正不敢單獨面對大久保的，如果他說要知道我的夢，怎麼辦呢？

最後一次，我們三個人在新宿東口的 LION 啤酒屋吃喝得非常痛快。那是三月溫暖的夜晚。山口和大久保都已經大學畢業，下個月就要出社會了。

到了火車站，誰也不想上車回家，是捨不得波希米亞式青春歲月的緣故。在車站內走來走去，不知怎地，最後走到專門給長途列車用的七號月台。

「哎，幸運的七號！」我大聲喊出來，「大久保先生，今年七月七號七點鐘，我們在新宿車站七號月台見面，好不好？」

他沒有回答，也沒有點頭，臉上照樣掛著難以捉摸的表情。我一直對他既好奇又害怕，最後一次機會，乘著酒勁兒主動約了他，卻似乎給漠視了。

那年的七夕，我在哪裡做了甚麼，已經不記得了。可是，幾天後收到的明信片，我至今忘不了。匿名的寄信人寫：「七月七日七點鐘，你沒有來新宿站七號月台。」

夢行症散步

我至今弄不清楚，當時是否患有夢行症，曾有一段時間，我經常深夜出去散散步。

我十九歲時候，有個固定的男朋友，每個星期兩、三次，約我出去看戲、喝酒、吃晚飯；但是，從來沒有請我到他家去。

我們也經常晚上通電話。在手機、網路都還沒有出現的年代，人們溝通只好靠家裡的固定電話。年輕男女說悄悄話，旁邊有家人側耳傾聽，動不動就說：「又講無聊的話浪費錢！」過了十一點，父母則一定說：「都甚麼時間了，還講電話！」讓我馬上掛掉。

當時，人們普遍睡得早，到了午夜，家中沒有任何聲音，我自己倒睡不著覺，半躺在床上翻書都不能集中精神看。最後，總是想到同一個問題去：他到底愛不愛我？

看看床頭的鬧鐘，深夜一點鐘了，我披上大衣，偷偷地下樓梯，到門口穿上鞋子，開門關門得非常小心，否則家裡養的狗會醒過來，牠一叫就不得了了。

到了外邊吸進夜裡冰涼的空氣，雙肺覺得很舒服。從家走下坡到西武新宿線軌道，過了平交道後，一直往南走。

深夜出去散散步，我的目的地總是一樣，即男朋友的家。有一天，看著地圖，我發現，其實他家離我家不很遠，相距不到五公里，而且路程很簡單，一直往南走就會到。

東京住宅區的深夜安靜得很，尤其在西武新宿線沼袋車站北邊，當時有中野監獄，很少有人那麼晚走路，何況一個女孩子家在睡衣上只披著一件大衣。監獄很大，在高大的灰色圍牆邊要走十分鐘才到頭，跟著是比較熱鬧的中野大街了。雖然大多數店舖早已關門，但是有些酒店還在營業中，偶爾看到的行人都醉醺醺。

忘了是第幾次，我注意到前邊停著一輛巡邏車，我走一段路，它就開到前邊去停，等我再走一段路，它又稍微移動到前邊。深夜的散步者果然引起了警察注意。好在警員沒有找我說話而只是在遠處監視，總讓我繼續散步去。

幾乎每一次，巡邏車陪我到中野車站，鐵路那邊屬於另一警察所主管的地區了，我的路還有一半。杉並區的民房比較豪華，院子也大。其中最大，看起來像城堡的水泥房子，就是我男朋友家了。聽說他父親是某大糖果公司的幹部，大概很有錢。

水泥城堡守備堅固。站在外邊，根本不可能知道裡面的動靜。佇立了幾分鐘以後，我開始走回頭路。

在中野車站附近，巡邏車等著我，但是只送到監獄門口爲止。灰色的高大圍牆邊走了十分鐘，就看到西武新宿線的軌道，回到家，小心打開大門，偷偷地上樓梯，看自己房間裡的鬧鐘，正好三點鐘了。

那一段時間，我經常深夜出去散散步，但是家人從來沒有發覺。男朋友也始終不知道，有很多次，我深夜站在他家外面。

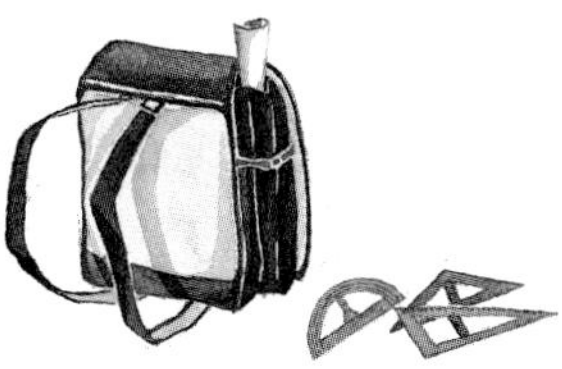

牙痛在青山

東京的青山向來是最時髦的地區之一。從高中到大學初期，我經常下課以後跟同學一起坐地鐵到青山，在時裝店集中的 Bell Commons 大廈裡溜達溜達。

窮學生沒有錢購買高價服裝，我們一般都在 Sony Plaza 等雜貨店，花很長時間研究了每一樣貨色以後，才買一個廉價化妝品。雖說是雜貨店，雖說是廉價商品，青山 Bell Commons 賣的東西還是與眾不同，非常酷。

有一年初夏，我買了粉紅色唇膏和同顏色的眼影粉。塗上之後，哥哥說我像京戲裡的孫悟空。我一點也不在乎，因爲那些化妝品是青山 Bell Commons 買來的，全日本最時髦的呢！

逛商店逛累了以後，我們則到大廈裡的 Italian Tomato 餐廳休息。以義大利式大型奶油蛋糕風靡一時的這一家，首先出現在青山 Belle Commons 裡面，之後傳播到全國各地去了。還有 Häagen Dazs 冰淇淋店、Wendy's 漢堡店、Anna Miller's 餐廳等美式聯鎖店，統統都把第一號店鋪設在青山地區的。

時髦無比的青山，我當年倒總是跟女同學一起去。男性朋友不是沒有，但是他們皆屬於樸素低調的類型，在新宿、早稻田一帶逛書店、看電影、喝咖啡都沒有問題，卻跟時髦的青山一點也不沾邊的。

於是幾年以後，終於有了機會在青山約會，我感到非常興奮。對方從外地來東京，節目要由我安排。經過細心研究，我選擇了一家泰國餐廳，正好有曼谷來的民歌樂隊演出。時值一九八〇年代中、第三世界音樂剛開始流行的日子，當年東京的泰國餐廳寥寥幾家而已。那晚的節目，既很時髦又有文化的香味，加上地點在青山，我暗地裡得意洋洋。

未料，當天早晨，我的智齒開始發疼。趕到牙科診所，醫生說：「已經冒出來了，非得馬上拔掉不可，」便開始動手術了。

剛回家的時候，麻醉藥還有效，並不覺得很痛。然而，到了傍晚，穿上早已預備好的衣服（是借了母親的）照鏡子看一看，我的下巴左側，不僅發疼而且腫大起來了。倒楣，本想改換約會日期，但是跟對方還不很熟。最後決定照計畫赴約，主要因爲我不肯錯過機會，難得的青山約會。

到了餐廳，開始吃飯的幾乎同時，麻醉藥完全失效了。我敢斷言，有牙痛的時候最不合適吃的食物，就是既燙又辣的泰國菜，會引起耳鳴的。至於曼谷來的民歌樂隊，我根本沒有心思聽。最糟糕的是，連說話都大有困難了。

我嚮往多年的約會，最後不歡而散，也許只能說是我跟青山從來不沾邊。

那晚在池袋

「你們有一天要結婚吧？」母親說。

「不會，」我回答。

「再過五年、十年，兩人都找不到理想的對象，最後還是會結婚的，」母親堅持。

我知道絕不會。他不僅比我大十三歲，而且容貌平平，就是不屬於我喜歡的類型。再說，他對我也從來沒有過任何表示。如果有的話，我早就不跟他見面了。

當初，我們是夜間中文學校的同學。他是老字號商店的少爺，過了三十歲的單身漢；口袋裡有很多零用錢，下課以後，經常帶年輕同學們去吃飯喝酒。後來，我跟他單獨見面的機會多了，可是，始終不像是男女約會。一來，他約我出來，總是爲了吃喝，而從來沒有其他活動，如看戲、散步。二來，他幾乎每次都帶我去新的地方，給我介紹新的朋友，反而甚少單獨在一起。

過了多年的單身漢生活，他在東京各角落知道很多餐廳、酒吧。當時我才二十歲，人生經驗很有限，之前沒去過鰻魚專門店、手打蕎麥麵店、地中海餐廳、德國啤酒屋，更不用說新宿二丁目的變性人酒吧。而他呢，在每個地方，都跟老闆、工作人員、常客們很熟，把我介紹給他們以後，大家一起聊天聊個痛快。過一、兩個鐘頭，他便說著「咱們去下一個地方」站起來。我們坐的士到另一家，又跟新的一群人邊喝邊談。到了深夜，他從錢包拿出車費來，讓我自己回家去。

有人說，他是離過婚的人。那一段時間，他應該沒有女朋友，否則不會常跟我出去吧？同學們說，他長得像影片《男人眞命苦》的主角車寅次郎，即演員渥美清，雖然不是美男子，倒有點可愛。在一家酒吧工作的上海姑娘小聲跟我問道：「他是實業家的老大，既是單身漢人又老實，你爲甚麼不趕快抓住他呢？」我聳了聳肩膀說：「不是我的type。」

那晚，我們在池袋火車站附近。先去了青森縣出身的老闆開的蕎麥麵店。冷蕎麥麵特別好吃，清酒的種類非常豐富，再說老闆很會彈青森縣特有的津輕三味線（三弦），我心情相當好。跟著去的鰻魚店，位於火車軌道邊，在破舊的舖子裡，年輕廚師做的白燒鰻魚極其香，叫我感嘆不已。只是，這一晚，他的樣子跟平時不同；不僅不跟我說話，和老闆、其他顧客也不說話，幾乎在喝悶酒似的。如果是男女朋友，即使是普通朋友，都會關心到底怎麼樣了。可是，我們的關係太不平等了。我單方面地利用他，而從來沒有考慮過他的感情。

最後，他在鰻魚店門外對我講：「聽說你最近跟已婚男人怎麼樣了，那不是太賤嗎？」

讓我氣得要死。「跟你有甚麼關係？」我說著要坐的士走。從半開的窗戶，他要把幾張紙幣塞進來。「誰要你的錢！」我把紙幣揉成一團向他扔掉。在他背後，JR山手線轟隆隆地開過去。的士出發後，我才明白，原來我深刻地傷害了一個人，雖然不是故意的。

御徒步町愛情飯店

據報導，如今在日本，百分之四十的高中生都有性生活。跟二十年前、我自己的青春時代相比，眞有隔世之感。

當年，我們也對性愛非常感興趣，但是始終不能克服恐懼感。結果，有好幾次跟男朋友走到愛情飯店門口以後，忽然間回頭跑掉，使對方感到無限尷尬。

高中二年級時候的同學M，現在回想都屬於我喜歡的類型，如果晚幾年認識的話，我們一定成爲情人了。只是，一九八〇年左右的日本小女孩思想行爲非常矛盾，一方面認爲：如果遇到了理想對象的話，婚前性行爲並不算不道德；另一方面認爲：如果人家不是理想對象的話，絕不可以把貞操獻給他。問題在於，如何分辨誰是理想對象？當年根本沒想到，爲了回答這問題，恐怕先得上床看一看。

還有，當時我們能取得的關於性愛的信息相當有限。十多歲的身體夠成熟，本能告訴我們性愛是很好的、很舒服的，而且，跟男朋友接吻、擁抱時，確實感到好幸福。但是，少女雜誌上有關性體驗的文章，主要談處女做愛多麼痛。我們想不通：性愛到底是舒服的，還是痛苦的？少女普遍自我中心；只想得到快感而一定要排斥疼痛，至於對方的生理要求，則完全在考慮之外。結果，可憐的小伙子，往往只受到刺激而沒有得到滿足。

現在回想都很不公平：我從來不覺得自己的身體骯髒，卻覺得男孩子的身體有所醜陋、不大乾淨。少女的腦海裡，性感的是他的手指、嘴唇，而不是衣服掩蓋的部分。所以，很願意在公園樹蔭下面接吻、擁抱的同時，不願意走進愛情飯店的。

我始終不明白，日本愛情飯店的設計怎麼那麼俗氣，一看就是嫖妓的場所，而不像是少女純情成就的地方。如果外面設計浪漫一點，說不定更容易走進去。可惜，當年愛情飯店的老闆們，根本沒考慮到少女的感覺，蓋了一棟又一棟俗氣不堪的大樓。

跟M最後分手，是在JR山手線御徒步町火車站附近，一家愛情飯店的門口。高中畢業典禮的幾天以後，我們約好看電影去了。在黑暗的戲院裡，兩個人手拉手、面貼面地看完了影片，走出來，他帶我去御徒步町、愛情飯店集中的一帶了。路上，我清楚地知道目的地是甚麼地方，但是連自己都弄不清楚，到底願意不願意到裡面去。

到了門口，我的全身僵硬起來，怎麼也不肯走進去，反而開始往火車站跑了。M苦笑著搖頭，一個人留在原地，沒有來追我。他始終很溫柔，從來沒有強迫我做不願意做的事情，這一點，我至今很感謝他，也是我至今偶爾懷念他的原因。

JR山手線御徒步町火車站附近，今天也林立著俗氣不堪的愛情飯店。今天的少女們，如何克服第一次的恐懼感呢？

十小時散步

「想不想去散散步？」他喝著咖啡問我。

我不經思考地點頭同意。我們剛剛訂了婚，他想去哪裡，我都願意一塊兒去。

那是暮秋的中午。前晚睡得晚，過了十一點鐘才起床，兩個人到他家附近，叫紫丁香花的咖啡館，吃三明治當 brunch 的。「那走吧，」說著他站起來。從牛仔褲後邊的口袋拿出錢包算好帳，往地鐵站方向開始走了。

從咖啡館到地鐵站，大約是十分鐘的路程，他似乎在考慮要去哪裡。「對了，咱們到繪畫館看銀杏樹去吧，」他說。那確實是好主意。青山繪畫館前，兩邊夾道的銀杏樹在東京很有名。每年這個時候，很多人爲了看黃色樹葉，特地去那兒的。

於是上了地鐵丸之內線，我心裡有點慌。本來以爲在他家附近吃點東西就回去，出來之前並沒有好好打扮。在黑暗的隧道裡，我的樣子模糊地映在對面的車窗上。我用一隻手梳頭髮。

半個鐘頭後，我們在青山一丁目車站下車，走到繪畫館去。滿街的銀杏樹全都變了黃，實在很漂亮。除了在樹下散散步的老少男女外，也有不少人拍照片、畫油畫。旁邊有家露天咖啡廳，看起來很舒服，他說以前在這附近上班的時候，經常到那兒吃午飯。我有點想坐下，可是，還沒開口之前，聽到他說：「咱們散散步吧。」

我們過青山大街往南走，不久在左邊看到乃木神社，到裡面的展覽館參觀一下，接著又散步去。到六本木十字路口時，已經過了下午三點鐘，我眞想喝點東西了。

「去 Humberger Inn 坐一坐，」幸好他說出來。東京最老的漢堡店是都市神話之一，我早就聽說過，卻從來沒去過。沿著六本木大街走，左邊果然有充滿美國氣氛的小舖子。兩個老先生站在半圓形吧台裡面接待客人。他要啤酒，我則點了伏特加汽水。看著玻璃窗那邊，逐漸染成暮色的外景，他說：「在這附近吃晚飯吧。」我沒有意見，只是稍微後悔當初沒有好好打扮。

我們在對面大樓高層的泰國餐廳吃完晚飯出來，晚上的六本木很繁華美麗。「走到西麻布吧，有家冰淇淋店，是二十四小時營業的。我以前經常深夜喝完酒後去那兒。」於是，我們再徒步一個多小時，慢慢往西麻布去。我看到曾經很紅的搖滾樂手，如今接近六十歲，徹底喝醉了酒，不聽勸阻地，亂過著馬路。

吃完冰淇淋，他在十字路口邊的小花店，給我買了一束紅玫瑰，我非常高興，但是當他問道：「原宿有家酒吧，我想帶你去。還能走嗎？」我只好搖頭了。

還好，他同意坐的士過去。各喝一瓶啤酒之後，走到原宿火車站。我們終於上火車時，已經晚上十點多。「你知道嗎，」我問了他，「這是我平生最長的一次散步？」未料，他稍微吃驚地反問：「眞的嗎？」

丸之內警察局

我從小想當新聞記者。初中時候辦過班報，高中時候做了校報總編輯，上了大學則辦起女性主義雜誌了。大學三年級時，接觸到真正的記者們，就是那份雜誌特別暢銷，引起了商業媒體注意的緣故。

那是一九八三年的事情。日本還沒有施行男女雇傭平等法之前，雖然也有女記者，可是少之又少，遠遠不到百分之一。來訪問我們的記者，絕大部分是男性。當年跑最前線的記者，很多是三十出頭，屬於嬰兒潮一代。他們在六〇年代末上大學，正值學生運動很蓬勃展開的年代，參加遊行比上課還重要。離開校園多年以後，他們對政治意識高的學生仍舊有共鳴，雖然對我們標榜的女性主義不一定有理解。

訪問結束以後，他們往往請我去喝酒吃飯。在新宿等鬧區的小酒吧，邊喝酒邊回顧自己的學生時代。然後，到了八、九點鐘，說著「要回崗位」，坐公司車走。目的地不是報社，而是記者俱樂部。我認識的記者們，多數屬於丸之內警察局內的俱樂部。我對記者的工作很感興趣，好幾次一起坐車去了。

位於城河對面的丸之內警察局，處理東京市區發生的種種刑事案件。俱樂部是當局爲報界提供的小房間，有各記者的辦公桌和電話，以及破舊的沙發和小冰箱。一進去，半個鐘頭以前醉醺醺的記者也認眞看桌上擺的通告，馬上開始打電話，或者跑出去直接跟警察交談。截稿時間是午夜十二點，還有幾個小時拚命採訪而寫成翌日早報登的新聞。外面昏黑的夜裡，在皎皎的燈光下，挽起袖子趕稿的記者，好比是電視節目的登場人物，我覺得很酷。

忘了後來哪個記者提議我做他們俱樂部的「小姐」。一個星期一次，在我方便的時候，來工作兩個鐘頭左右，給五千日圓酬金。在當時來說，條件是滿不錯的。我二話不說地答應下來了。

未料，「小姐」的工作內容是打掃。因爲記者們謝絕警方清潔人員進來，房間裡經常特別亂。果皮箱、煙灰缸裡不在話下，連地板上、沙發上、洗臉盆裡，到處都是垃圾、煙頭、廢紙、灰塵。當時的我，在家也很少打掃，爲別人搞衛生很痛苦。再說，原先很禮貌的新聞記者，如今把我當作傭人，說：「倒茶！」、「咖啡！」、「不要加奶！」等等。

好在「小姐」沒有固定的工作時間，我很少在俱樂部出現，當初也沒有人注意到。可是，久而久之，房間裡雜亂不堪了。最後有人來電宣告解雇時，我很高興，終於得到解放了。最近，在電視上看到丸之內警察局大樓，顯然沒有改建，還是跟十多年前一樣。至於裡邊的記者俱樂部如今是甚麼樣子，我則不得而知。

代代木的補習生

從新宿坐JR山手線、或總武線，第一個車站就是代代木。曾經有一年，我幾乎每天都在代代木下車。那是我這半輩子最肥胖的一年。

說到代代木，有一部分東京人聯想到日本共產黨；代代木是日共總部所在地。其他人則想到補習班；日本最大的補習班代代木習明納爾（Seminar）就在車站對面。

高中畢業前夕，我考了東京大學和早稻田大學，結果都名落孫山。無可奈何地，跟父母要了一年幾十萬日圓的學費，我到代代木報名去了。當年的補習班拒絕銀行轉付也謝絕支票，更不接受信用卡，非得繳現金不可的，大概是方便脫稅的緣故吧。在出納室窗口，辦事員用雙手把幾十張紙幣跟扇子一般地攤開，之後一張一張地數下去。顯然，補習班是非常賺錢的生意；代代木習明納爾有好幾棟大樓，學生人數比很多大學還要多。

我上的是「東大文科」班，很大的教室裡坐滿著接近兩百個男女學生，老師則用麥克風講課。不久我交了幾個好朋友，開始享受補習班生活。沒考上大學，當然是很丟臉的事情。還好在代代木，大家的經驗都一樣，彼此面前不必自愧。

補習班雖然跟大學不同，也跟高中完全不一樣。一來，沒有班主任管學生的操行，生活各方面特別自由。很多女學生化著濃妝來上課，在課間休息時，到外頭站著抽煙。二來，補習班的老師們很有個性。在日本，學歷高但不要（或不能）在大機構裡工作的人往往選擇在補習班教書。尤其參與過左派運動的人，很難任教於正規的學校，結果紛紛來到代代木，邊講課邊談談自己的生活經歷、人生哲學等，聽起來非常有趣。

有一位國文老師，據說在花街柳巷長大，成年後做了某女子大學教授，可是跟學生發生不正當關係而被解雇，最後來代代木教書了。有一天，他在課堂上說：「上了大學以後，其他東西都不重要，外語卻一定要學好。我曾經失業的時候，因爲懂英語、法語，方能餬口不讓妻小挨餓的。相信我，外語能力會幫助你們一輩子。」出於他親身經驗的一句話，給我留下了深刻的印象，後來我拚命學中文、英文，是遵守了他教訓的。

我在代代木過的時間，在履歷表上是空白的一年。可是，對我的人格成長來說，乃非常重要的一年。也許，我們從失敗中學到的東西，比成功中還要多。

第二年春天，我考上了早稻田大學，第一個任務便是減肥。補習生過的日子精神壓力相當大，在一年裡我胖了十公斤。在大學校園碰到老同學以前，非得恢復原狀不可。有志者事竟成：不到夏天之前，我成功地減肥了。而那意志力，我就是在代代木磨練出來的。

荻窪的台灣聖母

從訂婚到結婚的一年半裡，我住在香港，未婚夫則在東京。兩地分開很寂寞，我經常飛到東京陪他去了。

他住在杉並區荻窪。我從小在東京長大，之前卻從來沒去過。東京非常大，每人都在特定的小範圍內生活，對於其他地區，往往完全陌生。何況我離開日本有十多年，以前很熟悉的地方都變陌生了。跟著未婚夫走荻窪街頭，是挺新鮮的經驗。

荻窪車站相當大，有JR中央線、總武線、地鐵東西線、丸之內線，以及好多公共汽車；去哪裡都很方便。車站外面也很熱鬧。附近住著不少單身上班族以及男女大學生，傍晚下車以後，順路停留在各種小餐廳、小飯館，吃飽了才回公寓去。

蕎麥麵店本村庵、鰻魚店東家，都很有名，而且味道、氣氛確實好。不過，眾多的食肆當中，我印象最深刻的是台灣料理店「瑞鳳」。

其實，車站北邊和南邊有兩家「瑞鳳」，乃台北萬華出身的兩姊妹，瑞鳳和瑞貞各自掌櫃的。她們非常勤勞，除了每年春節回鄉幾天以外，其他三百五十多日從來不請假，傍晚開門以後，直到末班車乘客回家才熄火。

兩家「瑞鳳」都是小舖子，只有一條櫃台而已。老闆娘站在裡頭，客人一進來就開啤酒瓶或者倒紹興酒，然後慢慢開始炒菜、煮麵。雖然外邊的牌子說是台灣料理店，但是兩姊妹好像不大喜歡做菜，反而特別善於跟客人聊天。她們的日語雖然不標準，但很流利，加上指手劃腳以及豐富多彩的神情語氣，表達能力強得很。再說，她們總是有說不完的話。結果，過了半個鐘頭，客人面前只有已空的酒杯，至於當初點的菜餚，還沒來得及下鍋。

如果在別的地方，性急的日本人恐怕早就發火了。但是，「瑞鳳」的常客不一樣。他們來這裡的目的，不是趕緊吃飯，而是慢慢坐，反正家裡沒有人等待。

這些年在日本，無論是音樂還是小說，都流行所謂「癒系」，乃「療傷、治癒、令人放鬆」的意思，換句話說是精神按摩。「瑞鳳」大概屬於這一類。

鄉下來的大學生、三十多歲的單身漢、夫妻吵架出來的中年人，坐在櫃台邊要麼發呆，要麼邊看電視、邊聽台灣媽媽桑說話，偶爾喝一口啤酒，等著早已點過的水餃或芝麻醬麵。沒甚麼刺激，但是有回家一般的安全感。既不年輕、又不年老的萬華姊妹，演著聖母的角色。

至於我未婚夫，他說自己去「瑞鳳」時，一般喝著啤酒吃點豬耳朵。吃到蚵仔煎、香腸等，已經不容易了。好笑的是，他結帳出來以後，總覺得肚子餓，要找家麵條店去。

千鳥淵的櫻花

有一年春天，我從多倫多搬到香港，途中在東京停留了三個星期。恰巧好朋友比特也回東京探親，我們決定一起觀賞櫻花去。

「那麼，明天中午，咱們在九段下地鐵站出口見面。對了，我約寺西一塊兒來，你不介意吧？」比特說。

他是日加混血兒，在東京唸完大學以後，去多倫多做職業舞蹈家了。既英俊又溫柔，比特自然吸引很多女孩子，但是，誰愛上他，誰就傷心，因爲他既英俊又溫柔。

寺西是比特在立教大學讀書時候的女同學，後來當小學老師了。畢業以後十餘年，兩人之間的來往一直沒斷絕。我估計她非常喜歡比特。

其實，有一次，她老遠飛到多倫多看比特。他是超級好人，不僅讓老同學住在自己家，而且特地請假一個星期，陪她到處走走。然而，最後一個晚上，寺西躺在沙發床上，蓋著被子哭得抽抽噎噎。

比特心中很清楚，她爲甚麼在哭。但他還是沒有走過去擁抱她。「我怎麼敢呢？寺西是個好女孩，那麼喜歡我，除了願意娶她以外，我就是連一隻指頭都不敢碰她的，」當時比特告訴我。

第二天中午，我坐地鐵到九段下車站時，他們已經在出口等著我。雖說第一次見面，寺西的樣子並不出乎我意料之外。矮小的個子、保守的穿著、平平的容貌。跟高瘦個子、前衛打扮、特別英俊的比特，成了鮮明的對照。

我們三個人從地鐵站走出去，往皇宮護城河去了。這一帶叫千鳥淵，乃東京數一數二的櫻花勝地。河畔上種的好多櫻樹正在盛開，隔著河水，亦可眺望皇宮裡開的無數櫻花。

正逢午餐時間，除了特地來賞花的人以外，也有附近公司的男女職員帶便當出來在外頭吃飯。我們好不容易找到空位子，在長椅上坐下來了。我和比特都幾年沒看日本櫻花，一面對美麗熱鬧的賞花場面，就不由得興奮起來，喝著啤酒聊個不停了。只有寺西一個人很安靜。

「你不是說今天很早起床做了便當嗎？」比特問寺西。

「是的，」說著她解開包袱，拿出來的三層飯盒，一看就是上等漆器。

這位寺西小姐應該是良家女兒，正當我猜想時，她打開飯盒，裡面出現了極爲精緻的懷石料理。烤魚、炸蝦、蒸蛋、煮豆、各種蔬菜、三色小飯糰，還有水果和羊羹。

「都是你自己做的？」我驚訝地問寺西。

「母親幫了我很多忙，」她回答。

「伯母是很會做飯的。我每次回日本，一定到她家去享口福的，」比特告訴我的語氣猶如在誇近親。接著，他更說：「寺西有一天也會是特級主婦了！」

剎那間，她淚水奪眶而出了。我的好朋友比特，既英俊又溫柔，誰愛上他，誰就傷心。

白金夫人

東京西南部有個地方叫白金。以前是清靜的住宅區，近幾年開了一些文雅咖啡廳、高級服裝店等。結果，以闊太太爲讀者對象的時裝雜誌紛紛做了專題報導，白金竟成了東京最令人注目的地區之一。

老同學Y有福氣住在白金，乃開市場調查公司的丈夫事業很成功的緣故。Y大學畢業後任職於他公司，不久談上了婚外情。公司很小，只有幾個人工作，而且他太太是董事之一，兩人之間的關係很快就被發現，Y只好辭職了。

還好，社長爲人誠實；給太太付了相當可觀的贍養費以後，向Y正式求婚。雖然在婚禮上難免出現一些尷尬場面，兩人從此成爲合法夫妻，在白金開始了新婚生活。

我第一次到他們家，是結婚後大約三年的時候。附近大部分是單門獨戶的豪宅，他們住的倒是三層高公寓的二樓。下了計程車，開始上樓梯時，我已開始覺得有點奇怪，因爲自己的腳步聲異常響亮。叮叮噹噹地，跟拿錘子敲打銅鈸一般。難道這棟看起來很莊嚴的公寓，實際上是組合式的簡便住宅？

在門口接我們的Y穿著英國製造的連衣裙，有一副家庭主婦模樣，卻比大學時候漂亮。自從結婚以後，她沒有工作，也沒有生育孩子。公寓裡邊相當大，至少有五十坪了。走進寬廣的客廳以前，我注意到對面是臥室，中間擺著巨大的雙人床。

從義大利進口的大理石食桌，好幾個人一起用餐都夠大了。那天的客人全是Y的老同學，個個都愛喝酒愛說話，她丈夫卻不會喝酒，陪了我們一段時間以後，到書房工作去了。他年紀比我們大得多，而且個矮身胖加上禿頭，看起來簡直可以做Y的父親。

「給我們講講白金闊太太過的是甚麼樣的日子吧！」有人說，大家很好奇地等她開口。

「其實，這幾年我經常住醫院，是哮喘發作的，」Y說。「家裡有三隻貓嘛！」

「既然是貓引發哮喘的，怎麼還要養牠們？」我驚訝地問道。

「牠們是比我先跟了老公的，我怎能趕走牠們呢？從前留下來的很多東西，我都覺得沒有權利處理，例如那張大床，你們看到了吧？」

「你說那不是結婚以後新買的？」

「不是啊。他還跟前妻在一起時候買的。」

「怎麼可以這樣？是你不敢跟老公說的嗎？」老同學們異口同聲地問Y。

「沒有關係了，」她微笑著說。「我有我的辦法。爲了懲罰，不給他生孩子，是一個；

他求我多少次，都不正式辦結婚，也是一個。」

「你們不是結婚了嗎？」我們不敢相信。

「是辦了婚禮。法律手續卻一直沒辦。因爲你們知道，他的戶口簿很髒，寫過別的女人的名字，又勾消……」

那時，我看到她丈夫經過走廊往洗手間。禿頭上出著汗，光亮亮的。我一時不知道，是該同情他，還是該同情Y。

湘南之戀

日本人所說的「湘南」是東京西南部，舊時相模國（現時神奈川縣）靠太平洋的一帶。葉山、逗子、鎌倉、茅崎、大磯等海灘，曾經是首都的有錢人蓋別墅，夏天去避暑的地方。今天能在那兒買房子的人，仍舊只限於經濟上相當成功的人。

當我認識則子時，她是三十出頭，在湘南帶三個孩子的家庭主婦。比她大十幾歲的丈夫做大報社的記者，在地方分社待了多年以後回到東京總部，過四十歲第一次買房子時，選擇了湘南稻村崎。

湘南的特點，除了風景好、夏天涼以外，社會風氣開放、自由、有點洋氣。在東京中心區長大的則子說，以前在九州生活時，因爲人們思想很封建，經常悶得慌。到了湘南，如魚得水，她開始上另類教育學、心理學的課程。

則子給人的印象很特別。瘦瘦的身材和直直的劉海兒，都像是超齡少女的。聽說，她在高中時期參加了極左派組織，過了幾年的地下生活以後，二十歲就嫁給來採訪的新聞記者，跟著到九州生了一男二女。

當時大女兒十二歲，兒子十歲，小女兒才兩歲。我偶爾約一、兩個朋友去她家，跟孩子們玩耍、吃晚飯。等小朋友們休息以後，則子把酒瓶拿出來，大家邊喝威士忌邊談話，直到午夜她丈夫回家。他年紀較大，我們覺得拘束，匆匆說著「晚安」跑到樓上睡覺去了。

後來，我出國，跟則子的來往也斷絕了。當年一起到她家的朋友，卻一直保持著來往，幾年後給我帶來令人驚訝的消息。

「則子在談戀愛，」她說，「對方今年十六歲，是她兒子小學時候的同學。」四十歲的女人和十六歲少年發生了戀情？「她說，早在六年前已經注意到了他，但是控制了自己，因爲人家還是個小孩兒。可是，兩人的關係是前世已經約定的。他們在一起的樣子，由我們看來都非常幸福。」

夫妻之間的感情是搬來湘南後逐漸疏遠的。年長的丈夫越來越保守，則子倒越開放，乃本性加上湘南風氣的緣故。近幾年，她在另類學校工作；學生是拒絕上普通中學的少年少女，白天來接受輔導。有一天，他在那學校出現，這回則子不再能控制衝動了。就這樣，兩人成了情人關係。

「也不是普通的四十歲。最近她吐露，原來長期患有精神症，結果全身的毛都不長了。你記得她總是剪劉海兒吧？那是假髮。總是掛到眼睛，因爲眉毛、睫毛都沒有！」朋友說。

我腦子裡浮現，在湘南海邊的愛情飯店，全身無毛的中年女人跟十六歲少年做愛的情景，不禁覺得恐怖。

後來，則子跟丈夫離婚，做了單身母親。至於十六歲少年，不久愛上了年齡相稱的少女而離開則子。據朋友透露她那時候說：「無所謂。他最好吃的地方，我已經吃掉了。」

四谷車站舞會

我和她是大學時候一起辦雜誌認識的。畢業以後，她去南美、歐洲、澳洲，我則去了中國大陸、加拿大。雖然生活的地方相距很遠，但是都過著漂泊的日子，而且都做大眾媒體的工作，感覺猶如一直在一起。

有一年，我在多倫多替一家航空公司編日語雜誌。當時，她恰巧已回日本，我找她做了特約編輯；這樣子我工作方便，給她帶來一點收入以外，我們可以用公司的電話聊天。那是網路還沒有普及的年代，國際電話費仍相當貴。

幾乎每天，我都給東京的好朋友打電話，談一點工作以外，閒聊至少半個鐘頭。我們是剛過了三十歲的單身女人，主要話題是愛情，還有對保守社會的種種怨恨。我們恨不得過不一樣的人生。

那年底，我爲了雜誌業務回東京一趟。第一個要見的人，就是她。傍晚在四谷火車站相見時，我們都高興得彼此緊緊地擁抱起來了。接著，手拉手地去附近一家墨西哥餐廳，我們兩個女孩子，邊吃玉米餅，邊談得非常開心。無論是男朋友，還是女朋友，互相那麼談得來，在一起那麼開心的人，我之前似乎沒有過。

離開餐廳，走回車站，我們要坐開往不同方向的火車。然而，彼此都捨不得走。正好有人在售票處附近拉手提琴，幾個年輕人圍繞著聽音樂。那是很甜蜜的圓舞曲，我和她不由得互相握著手，開始跳舞了。跟一個女性，在公共場合跳舞，在我來說是空前絕後的經驗。

我是徹底的異性戀者，對同性朋友的感情一般很淡泊。只是，那一段時間，跟她之間的感情交流格外濃厚。

可惜，友情像愛情，濃厚的感情不會持久。

我們兩個人之間的齟齬，好像是她懷孕時候開始的。她和澳洲男朋友的關係，斷斷續續維持了多年。對方始終優柔寡斷，她有了身孕，人家竟失蹤去了。她決定做單身母親時，我提出反對意見，是出於友情的。然而，我們的關係，從此不再一樣了。

女兒出生以後，她不能幫我做工作了。我偶爾回日本時拜訪她，但是她都忙著照顧小女兒，很少看我的臉說話了。

幾年後，我要結婚時，她顯得非常不高興。有一次，在我未婚夫面前，她竟然故意講我以往的感情挫折，直到我抗議爲止。

現在，我才開始明白，到底發生了甚麼。濃厚的友情像愛情，是具有排他性的。我反對她做單身母親，一部分理由是不想失去她。我結婚使她不高興，大概也是同一個道理。我們是小人，未能爲朋友的幸福而感到高興。

國立的家庭主婦

國立位於東京西郊，坐 JR 中央線離新宿四十分鐘、離東京站則要一個鐘頭了。我結婚搬到這裡來已有四年半，之前沒來過一次。生長在中心區，我對國立的印象本來只有一個：歌星山口百惠引退以後所住的地方。

那個印象沒有錯。東京的單身人士、DINKS夫妻，一般都住在離市中心半個鐘頭的範圍內，否則無法享受大都會的夜生活。從新宿坐中央線吧，直到荻窪、吉祥寺，有很多穿著時裝的年輕職業女性；一過三鷹，大部分乘客是男性上班族和家庭主婦模樣的女性了。

幸虧，市政府把國立指定爲文教地區，附近有好幾所大學、中學，結果學生居民以及針對於他們的商店、食肆也爲數不少。要不然大家都是中產階級小家庭，連想像都夠無聊了。

另一方面，在國立住，我意外感到很舒服。每星期一到五，鄰居的先生們都出去上班而不在家，留在國立的，除了大學生以外，均爲家庭主婦、小朋友，以及退休人士，換句話說，是沒有全職工作的人。我平時有來往的，也大部分都是這種人。尤其，兒子開始上幼稚園以後，每天要跟其他小孩的母親見面說話了。

本來，我對「日本家庭主婦」的印象全來自媒體，結果充滿著偏見：如平庸、閒著、欲求不滿，甚至無能。於是當初很擔心如何跟她們打交道才是。未料，和那些母親在一起，我感到輕鬆舒服。

無論在世界哪個大城市，有職男女之間的來往始終離不開工作上的競爭關係，哪怕是潛意識的。即使屬於不同行業，還是心中比較彼此的收入、社會地位、學歷、經驗等等。白天工作時候如此，晚上喝酒時候亦如此，令人永遠不能放鬆。我曾經喜歡過那種生活，但不知自從甚麼時候，開始覺得很疲倦了。

郊區家庭主婦之間的來往，偏偏沒有那緊張的感覺，是大家沒有全職工作的緣故吧。我還以為她們跟我本來就屬於不同的世界，但那是大錯特錯。

比如說昨天，兒子從幼稚園回家的路上，我跟一個女孩的母親S夫人，坐在國立火車站對面的長凳子上，邊給小孩喝酸牛奶，邊談起以往的經驗。講到暑假，她說：「今年去了沖繩縣宮古島，去年則去了久米島。」我問她：「你很喜歡南方島嶼嗎？」她說：「曾在離台灣不遠的石垣島，野營過一個月，是出社會工作一段時間，辭職後去的。」

總是穿著素淨衣服的S夫人有標準的家庭主婦模樣，很難想像有過那麼大膽的青春歲月。而且，她跟著說：「在那兒認識的一個人，我們約好在北海道再相見。於是回東京後取得了摩托車執照，騎著二〇〇CC的往北出發了。結果，沒見到他以前，先碰上了現在的老公。朋友們都笑著問我：你去見的人和一塊回來的人，怎麼不一樣？」講到那兒，孩子們喝完了酸牛奶，我們兩個家庭主婦便站起來回家了。

江之島家族

江之島屬於東京西南部、充滿著自由主義氣氛的湘南地區。範子的爺爺本來在那兒擁有別墅；她小時候經常跟眾多堂兄弟姊妹一塊兒去避暑。後來爺爺去世，她父親繼承江之島的房子，並舉家搬過去了。

離江之島到東京是接近兩個鐘頭的旅程，範子和父親每天上課、上班都很費時間。儘管如此，他們非常喜歡江之島。一開窗戶就是太平洋，不僅風景好，而且夏天也很爽朗。每年暑假，範子天天從早到晚都在海邊衝浪，除了三點式泳衣掩蓋的小部分以外，全身都曬黑了。總的來說，江之島的生活方式跟萬事拘束的東京可不一樣。否則，我估計，今天範子父親也很難接受女兒的決定。

過去十年，範子在香港工作。她大學畢業以後，先在東京任職於父親介紹的大公司，然而覺得不適應，決定搬到香港去。自由港的氣氛合適於範子的性格，她不久學會了廣東話，也交到了當地男朋友，跟他同居了。我認識她，就是那一段時間的事情。

九七回歸以後，我回到日本，範子則留在香港，各有各的忙碌，有幾年斷絕了通信。

去年夏天，她寄來的短信說：「有點緣故，我要生孩子了。」都是三十多歲的人了，要生孩子並不奇怪，但是她到底有了甚麼「緣故」了？倘若跟那個香港人、或者其他任何人結婚生子，都不會說是「有點緣故」吧？接著，我收到了幾封電子郵件，慢慢明白了所以然。

原來，她愛上了別人的丈夫。感情一時眞的非常火熱，他們各自離開家庭，租了飯店式公寓單位同居起來了。可是，戀愛跟生活是兩碼事，同居以後爭吵不休，不到一個月，男方搬回老婆身邊去了。就是那個時候，範子發現自己懷孕。情人不再回來，但是她決定把孩子生下來。去年秋天，範子在香港做了單身母親，雇傭二十多歲的菲律賓籍保母，目前三個人住在一起。

今年暑假，範子帶孩子回日本探親，順便來我家玩。未料，那天打開門，除了範子和小娃娃以外，還有一位，是範子的父親。「做外公的不放心我開車。沒有辦法，我叫他當司機了，」她解釋。

範子是獨生女，幾年前母親去世後，江之島老家只有父親一個人了。他快到七十歲，早已退休，天天在家裡拉小提琴。這次，女兒和外孫回國，外公手腳勤快地代替菲律賓保母。當範子喝著啤酒跟我聊天時，他在旁邊默默地餵小娃娃斷奶食，一點也不像日本老男人。

我問他做外公是甚麼感覺？「因爲這孩子沒有父親，我覺得特別親近，猶如他是我的親生兒子。」聽著父親那麼講，範子喜形於色。

他們一家，三代單單三個人，雖然跟普通家庭很不一樣，但是特別圓滿。這裡沒有婆媳矛盾、夫妻吵架，也沒有岳父對女婿顧忌，而只有直系血族之間的愛，以及湘南江之島的爽朗海風。

友情的壽命

回到東京，很多人都問我安妮最近怎麼樣，畢竟，當初是我把她介紹給大家的，而且，我和她後來都去香港生活。

一個會操多種語言，單槍匹馬在很多國家之間漂泊的西方女人，安妮給我的日本朋友們留下的印象既深刻又很好。於是，當我回答說「很久沒消息」時，他們臉上難免浮現失望的表情，讓我覺得有點過意不去。

剛來東京時，安妮可說身無分文，也難怪，她是從中國大陸逃出來的。經過幾番考慮，我把她帶到神田神保町一家酒館去了，那裡的常客很多是文化界的人，我自己曾在櫃台裡邊工作過幾個月。當時，老闆正在找人幫他洗杯、跟客人聊天。

「不行！不行！我不會說英文！」老闆一看安妮的白皮膚就搖頭否決。

「您放心吧，她是會說中文的，」我告訴老闆說。他是魯迅的崇拜者，年輕時候在明治大學的夜校學過中文，雖然說得不流利，但是基本上的溝通是做得到的。

至於安妮，她生長在匈牙利布達佩斯，二十四歲流亡到英國，之後在中國大陸留學先後共三年，跟我是廣州中山大學的同學。據她說，中國當局懷疑她是邪教團體的成員，使從小在社會主義國家長大的她怕透了。

如我所預料，酒館的常客們馬上給安妮迷住了。一來她是國際色彩濃厚的知識分子；二來她當時是才三十出頭的白種美女。不久，常客們主動組織英文學習班，並請她當老師了。這樣子，匈牙利口音很重的安妮開始在日本教英語，想做她學生的人很多很多，她的收入馬上超過了普通日本人的薪水。

一開始，我讓安妮住在我父母家，幾個月以後，她在附近自己租了個房間。那一段時間，不僅是安妮的生活，而且我的生活也變動特大特多。我一拿到大學文憑就在一家報館就業，並離開東京去仙台分局工作；半年以後辭職，決定移民去加拿大。回到東京辦妥簽證，我請朋友們到父母家來，算是告別宴會。當場我發現，幾乎我每一個朋友都在跟安妮學英文，而在短短幾個月裡，安妮的日語進步了很多。

去了加拿大以後，我經常跟安妮通信、通電話。一方面，她是我的知心朋友；另一方面，她長期作爲外國人在他鄉生活，很會理解我當時的苦楚。

安妮在東京的日子，雖然滿不錯，但是也許太容易了。過三年，她又搬到香港去了。那正好是世界大變動的一九八九年，安妮想做有意義的工作了，於是一到香港就投入新聞界。

今天回想那一段時間的世界，雖然才十多年前的事情，感覺卻有如很遠很遠的過去。反正，安妮在香港，當初幫助過中國的民運人士。後來，風向變了，政治運動不時興了，香港經濟倒空前好起來。

一九九四年，我帶兩個皮箱從多倫多搬去香港，一個很大的原因是安妮告訴我：「你快來香港吧，這裡很好玩。」那時我三十二歲，正巧跟安妮來東京時同一個年齡，既不太年輕又不太老，大概人生精力最旺盛的時候吧。

安妮比我大八歲。她在故鄉匈牙利唸完大學以後，逃亡到英國，一邊在中國餐館洗碗一邊學習英語，辛辛苦苦上了倫敦大學的。我在廣州認識她的時候，她已有三十歲，但是看起來很年輕，而且當時的男朋友比她小十歲。總之，我一直把她當作同代人。

然而，我去香港見到四十歲的安妮，在我眼裡她是十足的中年女人，而不再是多年前的泰西美女。她說已經兩年沒有男朋友，我聽著，心中只覺得也難怪。

剛到香港的十天，我睡在安妮房間的地板上。她跟一個華裔美國女人共同租一套兩房一廳的房子。她是二十五歲的銀行職員，兩個男朋友每晚輪流地來陪她。那套房子，位於香港島半山區的一棟「唐樓」最高層，雖然破舊但是相當大，具有香港難得的陽台，而且房租很便宜，剛出來闖世界的女孩子會覺得是理想的居住環境。安妮用的家具幾乎都是看週末的《南華早報》分欄廣告向別人買的舊貨。對長期過漂泊生涯的人來說，那是很熟悉的生活方式。可是，三十二歲的我看四十歲的老同學，不能不覺得慘。

以前，從多倫多打長途電話時，我跟安妮有說不完的話，到香港住她家，我本來以爲可以跟她聊個痛快。可是，晚上她躺在發了黃的籐床上，我躺在地板上，要開口說話時，從隔壁房間傳來鐵床咯吱咯吱有規律的響聲。裝沒聽見也彆扭，提到它又似乎不識趣，只好閉嘴閉眼盡量早睡著。

另外，殖民地的社會環境也在我們之間造成了鴻溝。到了香港，擁有英國護照的白種人士安妮自動屬於一個圈子。黑眼睛黑頭髮黃皮膚在中文報刊工作的我又屬於另一個圈子。即使在個人和個人之間沒有矛盾，我們的活動空間極少重疊，幾乎互相排斥的。

最後怎麼樣跟她鬧翻，我已經記不清楚了。感覺有如跟老情人分手。當然，友情跟愛情不同，但好像都是有壽命的。要延長壽命，最好保持距離。如果我沒去香港，會不會今天跟安妮仍然是好朋友？不一定。因爲一度親密的兩個人總是有可能往不同的方向成長，尤其當我們進入新的生命階段時。

如今我不知道安妮在哪裡。落葉生根也好，落葉歸根也好，無論在哪裡，我希望她能站得穩，並不停地吸取營養，使生命的花朵繼續盛開。

大衛和蜆味噌湯

那個時候，香港回歸中國前夕，晚上我和朋友們去喝酒的地方，十年如一日，幾乎無例外地，一定總是蘭桂坊。

說起來都很奇怪。我在香港住了三年半，去過蘭桂坊無數次。在那狹窄的坡路上，我們曾經驗過各種喜怒哀樂也演出過各類悲歡離合。然而，事隔幾年，如今身在遠方，回首想起在蘭桂坊過的那些夜晚，不知怎地，感覺不像是自己的親身經歷，反而像是夢見過的故事，抑或是王家衛某部電影的情節。

是否《重慶森林》、《墮落天使》給我留下的印象太深刻的緣故？也許是。不過，同時，香港街頭也實在很像電影布景了。尤其加添了蘭桂坊晚上粉紅粉綠的霓虹燈以後，醉客的自我形象很難不變成王菲、金城武……。

殖民地的花花世界很像電影布景。例如戰前摩登上海聞名於世的外灘，沿著河邊大街的洋樓大廈，正面看來夠像真的；但從側面一看，就尺寸不對了，是沒有多少深度的，因爲東方魔都需要的只是西方化的表面而已。

香港蘭桂坊的大樓，雖然不是扁的，整個地方給人的印象還是很不現實。也許由於每條路都是坡道，保持平衡不容易，腳踏實地更不可能。在蘭桂坊，人人都是要麼喘氣往上，或者嘆氣往下的。電影布景缺乏現實感，卻充滿著戲劇性。

像大街那樣的人，即使是彈丸之地香港，只在蘭桂坊會遇見的。

那應該是一九九五年的夏天。有一個晚上，我自己去蘭桂坊榮華里的「六四吧」。老闆娘去了加拿大沒有在，店面站著喝啤酒的顧客都是年輕洋人。我買一杯紅酒，到裡邊去坐了。

不久，長毛進來了。他是在香港頗有名氣的革命家。電視新聞節目報導民主派激進分子抗議當局，或者給警察拉走等場面時，每次都有頭髮長到屁股的他大聲喊著口號。

長毛曾在「六四吧」工作過，後來也經常露面。大家願意請名革命家喝酒。那晚，請長毛喝酒的人，就是大衛。

如果沒有長毛介紹，我對大衛一定敬而遠之，因爲他的樣子相當可怖。一雙單眼皮射出非常銳利的視線，而且他的鼻子是歪的，耳朵是剛縫合的。據說，不久前打過大架。

大衛看樣子像拳擊手。長毛卻告訴我，他是從紐約回來的爵士樂吉他手。只是，光靠音樂，在香港很難維持生計，於是開始白天做生意。「所以，我有錢買你們的酒，」大衛一口咬定。

他說英語，但不是一股香港人講的那種英語。說起話來，大衛特別像紐約黑人。一會兒說出一個單詞兒，再過一會兒又說出另一個單詞兒，聽起來稍微口吃，然而很會表達感情。其實，他的態度、表情，都令我想起紐約黑人。

那晚，從「六四吧」到銅鑼灣的日本料理店「一番」，我們一道邊喝酒邊聊天。我和長毛說的很多是廢話。大衛自己沉默的時間長；可是，一旦開口，每句話都很有力量，好比是語言的重量級拳打。

香港藍領階級出身，大衛中學沒唸完，就出來做事了。十四歲時，在中環一家日本餐廳打雜工，想到日本去掙錢。拿三個月的觀光簽證飛往羽田機場，一下飛機直接去建築工地賣力。那樣子去了日本好多次，大衛說。

以他年齡算，那應該是七〇年代的事情。在我上中學的路旁兒，說不定有過香港飛來的年輕工人默默幹活。而且，不會說日語的他，說不定跟某一個日本女孩子有過深刻的來往。

「蜆，」大衛望著遠處說，「蜆味噌湯。喝多了酒，第二天早晨起床時，頭痛得要命。那時候喝一口蜆味噌湯，多麼香！」

我在海外，包括香港，遇到過不少日本通。但是，提起宿醉時候當藥喝的蜆味噌湯，大衛倒是第一個。蜆味噌湯很少在外頭有賣，一般都是在家庭裡，日本女人為自己所愛的男人親手做，才能喝到的。

大衛並沒有告訴我，他在甚麼情況下喝了蜆味噌湯的。不過，他說的另一句話使我確信曾有個日本女孩子對他懷有過深情。

「中原中也……。日本有個詩人叫中原中也吧。有人送給我他的書。但那是日文的，我沒看懂。」是一九三〇年代的著名詩人。三十歲就去世的抒情詩人，我唸中學的時候，班裡有些女同學憧憬中原中也，把他當作代表純眞青春的偶象。我在心裡想像，她們當中的一個人把中也的詩集送給香港來的建築工人……。

後來，大衛去了紐約，學會吉他，也學會黑人口音的英語。可惜，那晚我們沒有足夠的時間講到那麼遠。

有幾次，我在「六四吧」碰到了大衛。但沒有長毛在旁邊，我不敢單獨跟他聊天，雖然他鼻子和耳朵都很快就治好了。

之後，一九九六年的秋天，香港颳起一陣反日旋風。不少當地朋友們對我的態度，令人特別傷心。同年十二月，失業又失意的我去「六四吧」，幾個人對我明顯地視而不見。唯獨大衛向我走來，用黑人口音的英語，說了一句：「I'm very sorry.」

我最後一次見到他，是一九九七年，香港回歸中國的那一年。每週一，大衛跟朋友們在「六四吧」的裡間開小演奏會。有一晚，我去聽他彈吉他了。

在舞台上，大衛還是很像紐約黑人；表情很硬，看樣子有點可怕。當他發現我在客座時，一雙眼睛忽而變得很溫柔，雖然只是一剎那。說起來都很奇怪，就在那瞬間，我的鼻子確實聞到了不知從哪裡飄過來的蜆味噌湯的味道。

東京搖籃曲

日本詩人室生犀星曾說：「故鄉，最好在遠處想念。」他生長在古城金澤，風景佳麗，美食豐富，外地人去遊玩，必定會陶醉。其實，我平生第一次單獨去旅行的地方，就是金澤。

犀星本名叫照道。自己起的筆名爲犀星，顯然紀念了貫穿金澤的犀川。他深愛故鄉，但是只能在遠處想念。一旦回去，就得面對種種麻煩，而就是那些麻煩當初叫他遠走高飛的。我估計，離鄉背井到異鄉生活的人，多多少少都明白那種感覺。

我自己，二十多歲離開日本到加拿大以後，才發現了日本的美。例如，春天到處盛開的櫻花；夏天五光十色的牽牛花；秋天紅葉時候的露天溫泉；東京冬季的藍色天空。在遙遠的北國，冬天既寒冷又長久，外頭幾乎永遠是黑白兩色。我想念的故鄉東京，總是彩色的。

當時，每次去KTV，我一定唱〈東京搖籃曲〉，乃一九七〇年代，叫中原理惠的歌手唱的時代曲。我本來並不特別喜歡，然而在異鄉翻歌集時，曲名中的「東京」兩字直接跳進我眼裡，非點不可了。這首歌節奏變化很複雜，我不會唱得好。儘管如此，每次去KTV，我一定要唱〈東京搖籃曲〉。當時的心情，猶如對故鄉害著單相思病。

還有一首歌，我在海外漂泊時候，曾非常喜歡。那就是中島美幸的〈時代〉。歌詞中有一段說：「繼續旅行的人都祈望，總有一天能回到故鄉。」每次唱到那裡，我都有點想哭，心酸得很。不過，我估計，別人眼裡的海外浪子，其實都非常想念故鄉的。

如今回到東京住，到底算不算我跟故鄉終於相親相愛了？

「故鄉，最好在遠處想念。」室生犀星如果回金澤的話，在那麼個小地方，尤其在他的年代，不可能迴避種種麻煩。今天的東京，雖然絕不缺少種種麻煩，但是有一個好處，就是能夠迴避，能夠躲起來。

東京太大，到哪裡都費很長時間，出去見人也很麻煩，這本來是作爲城市，東京最大的缺點；然而，反過來看，若要有選擇性地生活的話，條件是成熟的。

東京像網路，一方面是寶山，另一方面是垃圾坑。最近從海外來的朋友們，很多都對東京表示失望。也難怪，他們看到的偏偏是垃圾坑的一面，至於寶山的一面，也許較難一眼就看到，因爲寶石散在各處，而且往往藏在垃圾下面。

回到故鄉四年半，我絕不敢說活在寶山；但是至少，一方面享受到春天的櫻花、夏天的牽牛花、秋天的露天溫泉、冬季的藍色天空，同時成功地迴避了多半的麻煩。

這些日子去唱歌，我不再點〈東京搖籃曲〉了。

東京女人村

我曾經到過中國福建省福州郊區做採訪，那裡有很多所謂女人村。福建農民、漁民紛紛以合法、非法移民身分去國外打工。在故鄉留下來的，除了老先生和小朋友以外，全部都是女人了，因而出現女人村。

男孩子一到十五、六歲，就通過親戚朋友尋找出國的方法，若是偷渡，費用會高達三萬美金。好不容易越洋過去，開始的幾年，爲了還債，除了工作就是工作，待遇跟十九世紀的豬仔沒兩樣。辛辛苦苦掙了一筆錢，他們要回來結婚；只是孩子沒出生以前，再往海外出發。

至於留下來的女人們，除了等待老公匯款以外，沒有多少事情可以做，於是整天都坐在外頭彼此聊天。我去訪問的那天，她們邊聊天邊共同做糰子當零食吃。

「日本來的？我老公在大阪，」「我家的？是紐約。寄來的錢沒人家多，」「哪裡？你家不是剛修了新房嗎？」

無例外，每一個人的丈夫都在海外，這兒是名副其實的女人村。在福州市內，倒有很多人說：「那是寡婦村。」

有個的士司機說，他的夥伴常到「寡婦村」陪「萬八嫂」打麻將去。偷渡剛開始的時候，費用曾是一萬八千美元，因而當地人把偷渡客叫作「萬八客」，他們的太太則是「萬八嫂」了。有錢有閒的女人，本來就吸引別人好奇的眼光，何況是上千上萬個活寡婦集中生活的地方，外人說的閒話往往猥褻得很……。

最近有個晚上，我坐在東京郊區的卡拉OK房，想起來了好幾年前的採訪經驗，在我身邊的幾位，均是三十多歲的已婚女人，邊喝酒邊唱歌，偶爾談起過去的愛情經歷。

如今的日本家庭主婦，很多都讀過大學，出過社會。但是結婚以後，如果要生小孩，自己帶大的話，只好辭職做個專業主婦了。

東京的年輕夫妻買房子，一般都選擇郊區，乃一來價錢便宜，二來環境清靜的緣故。唯一的問題是離先生的公司較遠，到中心區至少要一個小時，有人來回得坐四個小時的火車。

日本人的工作時間本來就不短，加班也相當多，再加了火車上花的幾個鐘頭以後，先生能待在家裡的時間自然非常少了。

「我孩子的爸，深夜一點回來，早晨七點以前就走，」「我家也差不多。而且星期六都要上班，」「孩子平時看不到父親，」「眞的。連夫妻吵架的時間都沒有。」
她們原先談戀愛的對象，結婚後，逐漸從生活中消失。在郊區生活，平時接觸到的，除了小朋友和已退休的老人以外，只有別的太太。
東京中產階級的處境跟福州郊區農民當然很不同。可是，「已婚的單身女人」集中在一起散發的氣氛，倒非常相似。在我腦海裡，東京太太們齊聲唱卡拉OK的形象，跟大陸寡婦村的女人們共同做糰子的形象，是互相重疊的。

最後的春節

一九九七年春節的時候，我單獨住在香港灣仔。跟當時不少外地人一樣，我在香港的目的就是親眼目睹主權轉移。現在回想，那是多麼不尋常的日子：整個生活都圍繞著等待。

從聖誕節到元旦是香港最美麗的季節。維多利亞港南北岸的高樓大廈，都在外牆上用各色燈泡畫圖案；旅居洋人到處開派對；交響樂團舉辦維也納華爾滋音樂會。總的來說，很華麗，也令人傷感，因爲英國殖民地香港終於迎接最後的一年。

當然，對絕大部分香港居民來說，眞正過年是春節之際。剛到香港的第一、第二個春節，我都乘機去外地旅行了。作爲外國人在異鄉生活，最感寂寞的是節日，尤其當地朋友們回家吃團圓飯的時候。好漢不吃眼前虧，我是要乾脆迴避節日的。

但是，最後一次春節，我卻決定留在香港，因爲等待都進入了最後一段。除夕去銅鑼灣維多利亞公園看看花市。那年有賣很多像檸檬的黃色花兒，大概有吉祥的意思。我則買了一種回歸紀念品：「皇后大道東」的路牌。當時很多人擔心，這類有殖民地色彩的地名，回歸中國後馬上給改掉。

羅大佑的〈皇后大道東〉，我剛到香港時，在卡拉OK聽朋友唱，印象特別深刻。所以，在香港的最後一年，特意在皇后大道東附近找了個地方，當時住在灣仔星街七號。處於港島中心區，灣仔非常繁華，平時眞的是不夜城，餐廳商店一週開七天，一年中，唯一休息的就是春節後的幾天。

記得大年初一早晨，我一個人從星街七號的公寓走下坡。左右邊的洗衣店、印刷行、蛇餐廳、中式家具店，全都關著門。連賣煙酒的所謂「士多（store）」也請假了。路上竟沒有一個行人。

走到皇后大道東的路口，就拐彎兒。平時我在右邊的報攤買報紙，攤主是年紀很大的老太太，至少有八十歲了。因爲她穿著很邋遢，夏天更是赤腳，當初我還以爲她老人家經濟困難不能退休的。但好像不是那麼個回事。每天中午，有菲律賓籍女傭人給她送來裝在保溫盒裡的午飯。老太太咬著已掉了一半的牙齒，邊笑邊吃，彷彿過著幸福的晚年。

「新年好，」忽然有人跟我說。沒想到，大家休息的大年初一，老太太照樣一個人坐在路邊賣報紙。「新年好，」我感動地看著她的臉回答說，然後買幾份報紙，轉回走上坡。

如今已搬回日本，「皇后大道東」的路牌仍然貼在書房牆上。每年春節，我一定想起在皇后大道東賣報紙的老太太。

29A 30 30A 31 31A
113 PJB-2 24 KODAK 5113 PJB-2 25 KODAK 5113 PJB-2
24 24A 25 25A 26
113 PJB-2 18 KODAK 5113 PJB-2 19 KODAK 5113 PJB-2 20
18 18A 19 19A 20
PJB-2 12 KODAK 5113 PJB-2 13 KODAK 5113 PJB-2 14
12 12A 13 13A 14
JB-2 6 KODAK 5113 PJB-2 7 KODAK 5113 PJB-2 8

卷二

女兒的疼痛

KODAK 5113 PJB-2
KODAK 5113 PJB-2
KODAK 5113 PJB-2
KODAK 5113 PJB-2
KODAK 5113 PJB-2
KODAK 5113 PJB-2

傷疤

我頭部有個傷痕，是兩歲時從姥姥家二樓一骨碌跌下去，縫了七針的。究竟發生了甚麼事情，我自己太小，完全沒有記憶。多年後，姥姥告訴我的情況是這樣子的：

當年母親經常把我和哥哥託給姥姥。那天也是。本來大家都在一樓，姥姥有點事情一個人上樓去，打算馬上就下來。未料，四歲的哥哥跟著上去，才兩歲的我也開始爬樓梯了。

姥姥在二樓看到我哥上來，告訴他：「趕快下去跟妹妹玩」。她不知道我正在爬樓梯。哥哥乖乖地要下去的時候，我恰好到了上邊。兩人迎面撞上的結果，我一骨碌跌下去了。

「看到你的樣子，我以爲已經死了。臉上、頭上都是血，好像從耳朵流出來的。我馬上抱著你，跑到附近的醫院去了。你哥給我痛罵了一頓，自己到隔壁阿姨家去，直到我晚上回來，」姥姥說。「到了醫院，大夫說，血不是從耳朵出來，而是頭部裂口的，要縫幾針。你一直昏迷著，哭都不哭，我覺得很恐怖。」

不幸中的大幸，是我沒有喪命，也沒有明顯的後遺症。只是在前額左上邊七、八公分的地方，留下了杏仁那麼大的凹，至今長不出頭髮來。

姥姥告訴我的故事裡，我印象最深刻的一段是：「我一到醫院就給你母親打電話了。在手術室外面一個人等待，心裡不安極了。但是，等了多久她都不來。手術完畢，你去病房休息的時候，她才進來了。」母親後來解釋說：「聽說從耳朵出血，我以爲你死掉了。於是去玩具店，買了最高級的布娃娃。」

雖然不記得事故本身，也不記得在醫院過的日子，但是我記得，出院回家以後的情形，乃平生第一個記憶。

在東京新宿區的小平房，兩歲的我坐在地上摸傷疤。剛拆了線，傷口還沒乾，母親站在廚房說：「不要碰，會化膿的！」但是癢得要命，我還是偷偷地搔傷口，偶爾出點血，也沒有跟母親說。她都從來不看我的頭，所以不知道，每天給指甲搔，傷口慢慢癒了。

我上小學以前，可以說是已經遍體鱗傷。兩條小腿上至今有一歲時候被味噌湯燙的痕跡。我一瞠目，前額就出現三條皺紋，則是五歲時候從自行車掉下而撞的。我小時候的回憶裡，母親從來不在身邊。

小胖子

還沒上小學以前，我已經知道自己肥胖，是母親告訴我的。

「你這麼肥胖，根本穿不上，人家送來的可愛衣服，只好送給奈緒美了，」她說。

奈緒美是我表妹。她只比我小兩個月，但是個子小得多。那次，母親轉讓給奈緒美的，是深藍色底子上繡了粉紅色花兒的吊帶裙子，配上純白棉布襯衫，非常好看。而且，人家本來買了兩套，把一套送給大我半年的表姊千夏子的。有一天，看到她和奈緒美穿著清一色的可愛衣服玩耍，我既很羨慕又很寂寞。

不過，現在看當時的照片，五歲的我並不特別肥胖。記得周圍的大人們說：「一二三體格好，」大概是相當公平的說法。無論如何，母親認爲我肥胖。

「你的身材跟爸爸一模一樣，跟姑姑也一模一樣，看那屁股的形狀！」她經常皺著眉頭說。哥哥長得像母親，身材很高瘦。我則像父親，連他壯大的身材都遺傳下來了。因爲母親跟婆家的關係不好，我長相身材均像父親一家人，容易惹她發火。

我眞正開始發胖，乃八、九歲時候的事情。小學四年級去遠足拍的照片，我至今記得很清楚。我穿著大人男裝的橫紋襯衫、大碼裙子，母親移動了釦子後才能穿上。胖胖的面孔使鼻子上戴的近視眼鏡顯得格外小。整體印象，不外是小丑。

那天，吃午飯的時候，有個姓小野的女同學拿出了用玻璃紙捲的精緻三明治。她說：「媽媽擔心我發福，特地做了這種三明治，據說卡路里很低。」其實，她一點都不胖。我聽著很羨慕，因爲家母專門嘲笑我跟父親一家人同樣肥胖，但是從來不給管理營養。

二十年後，我在加拿大接受了將近一年的心理分析。分析師說，我小時候肥胖，是心理上有很重的負載，需要壯大的身體才能擔當的緣故。他估計，那負載就是做母親的出氣筒。

沒錯。每次跟婆家人鬧矛盾，母親都向我訴苦；我作爲女兒，自然要安慰她。但是，長相身材均屬於父親一邊的我，在她看來，又是敵人；那情況，實在教人進退兩難。

假如你是個男孩

「假如你是個男孩就好了，」我從小聽周圍的大人說。在重男輕女的社會裡，那說不定是一句誇獎話。問題是，家裡另有個男孩，即大我兩歲的哥哥。

「克彥很善良，」乃母親當年的口頭禪。聽著，我和哥哥都沉默不語。因爲下一句話，要麼傷害哥哥的自尊心，或者使我很難過。

有時候，她會說：「功課嘛，只要努力，成績也一定會好起來。」別的時候，則說：「相比之下，妹妹雖然功課好，但是其他方面就很差了。」

哥哥五歲開始學字的時候，我坐在旁邊，比他先學好了平假名五十音。有一天，一個親戚玩著教哥哥英文字母。當他還沒有掌握ABC之前，我已經知道所有二十六個字了。

這些事情，如果他是姊姊，我是弟弟的話，在重男輕女的社會裡，說不定給全家帶來榮譽感，或者至少，大家會沒有多少惡意地哈哈大笑了。然而，實際上，他是哥哥，我是妹妹。每次聽別人說：「假如你是個男孩就好了，」我都覺得很慚愧。

我上了小學以後，情況更加嚴重了。每個學期末，我們從學校帶回來的成績單，使大家很尷尬。很多時候，哥哥把成績單藏著不給別人看，鬧了半天後，才哭泣著拿出來，令父母搖頭嘆息。

至於我的成績單，母親掃了一眼就放在抽屜裡，並說：「你千萬不要得意洋洋！哥哥雖然功課不好，但他本性好，不像你這麼橫，而且會撒謊。」功課好簡直是我本性惡劣的證明。

哥哥帶回家七十分考卷，母親給他買玩具汽車當獎品，我帶回家一百分考卷，母親則匆匆地關上抽屜，說句風涼話，如：「女孩子家太聰明，還嫁得出去嗎？何況，你這麼肥。」

哥哥高中畢業後，只上半年的職業訓練班，接著開始在父母的公司做事了。作為獎勵，母親給他買一輛跑車。兩年後，我上早大，拿到獎學金，更到海外留學去了。他和我的關係越來越遠，這些年，偶爾見面，也很少說話了。

至今，哥哥是母親的寵兒，仍在她身邊過日子。至於我，從小自命為一隻黑羊，生活上、感情上，都離她很遠很遠了。

情緒垃圾桶

我剛滿六歲的時候，奶奶得胰腺癌去世了。小孩子幾乎沒到過醫院，母親卻經常去護理。奶奶跟母親之間，向來感情不好。然而，當老人家臥病榻之際，作爲兒媳婦，母親還是不能不跑到醫院去。

當時，母親常常誇口說：「大姑子、小姑子都跟客人一樣。帶來花束、水果，跟病人說話幾分鐘就走。我才是眞正照顧婆婆的。」

有一次，從醫院回來，她趾高氣揚地向父親報告道：「我看護得比誰都勤勞，連病人都吃驚了。她以前從來沒說過我的好話，今天倒說了：『沒想到你會對我這麼好。』我馬上回答說：『也不是爲了您，因爲我愛您兒子，』叫她目瞪口呆了。」

我當時還很小，天眞地相信，母親永遠代表著正義，誰欺負她誰就是壞人，而據母親說，奶奶和她三個女兒常常無緣無故地欺負她的。

長大以後，我才慢慢發覺，其實母親自己的所作所爲，有時引起了別人的反感。

在奶奶的葬禮上，平時很好強的二姑、三姑都流著眼淚鼻涕大聲哭，我看著覺得很好笑。除了小孩子不懂事以外，母親對婆家人的冷淡態度，恐怕也影響到我的感情、行爲上來了。關於奶奶，我是一點溫暖回憶都沒有的。在我印象裡，她跟灰姑娘的繼母沒有分別。

過些時候，我放學回家，看到母親蹲在地上哭著。原來，剛分完奶奶的遺物，她收到了一個盒子。雖然奶奶生前不是富貴人家，但也擁有一些珠寶，尤其是鑽石戒指，母親嚮往了許久。奶奶臨終前，最熱心看護的既然是她，母親認爲，應該把最昂貴的遺物分給她才對。然而，打開盒子，她發現的不是任何寶石，而是破爛的衣服，用她自己的話語，便是「中間發了黃的髒內褲」。

從此，母親不再原諒三個姑姑了，卻在表面上，對她們仍舊彬彬有禮。這使我的思想很混亂，因爲母親心口根本不如一。在家聽母親臭罵三位姑母，小孩子相信她們是壞人。然而，在親戚聚會的場合，母親扮演好媳婦的角色，捧起三位姑母來。我以爲母親跟她們和好了，誰料到，一回家，她又要背後罵三位姑母了。

多年後，看著心理輔導的書，我才明白，當年的我就是母親的「情緒垃圾桶」。

殘廢的聖誕禮物

我跟聖誕老人的來往只維持了七年，從三歲到十歲爲止。不過，三歲那年，第一次給我帶來驚喜的同時，他已經稍微露了馬腳。

早晨，哥哥的聲音叫醒了我：「快起來！有禮物了。」

睜開眼睛看，他已經撕開了包裝紙，從盒子裡拿出來幾輛小車和競賽路模型。我趕緊看床頭，果然也有一個包裝好的盒子，乃用紅色綢帶繫好的。

從裡邊出來的是好可愛的洋娃娃，背後有個綠色小圈兒，我拉一拉，它就喊「媽媽」了。收到了那麼好的禮物，而且大家說是聖誕老人送來的，我感到極爲榮幸。三十多年後的今天回想，我仍然覺得，那洋娃娃是我這半輩子裡收到的種種禮物當中，出類拔萃的一個。

一九六〇年代的東京很盛行聖誕節。當天下午，附近的孩子們個個都帶著自己收到的禮物出來，在巷子裡互相顯擺。我抱著出去的洋娃娃馬上成爲女孩子們嚮往的對象，畢竟誰也沒看過會說話的洋娃娃。我本來不想借給別人，但是在小孩兒圈子裡年紀最小，沒有辦法。

對面理髮店的女兒最年長，大約有八、九歲了。洋娃娃到了她手裡，不知怎地，一條腿給拔掉了。我哭著跑回家，告訴母親：「它的腿壞了，你趕快給我修理吧！」

塑料做的洋娃娃，兩條腿本來是往空洞裡裝好的，我以爲，母親很快就會修理。然而，試了幾次，她都無法按進去，一手拿著洋娃娃，一手拿著腿，她搖了搖頭。

「你快給聖誕老人打電話吧！」我催了母親。但是，她還是搖著頭說：「不行啊，如果打電話，應該打給伊勢丹。」

伊勢丹？那不是新宿的百貨公司嗎？難道聖誕老人是在百貨公司採購禮物的？無論如何，我要母親趕快打給伊勢丹，找人修理好洋娃娃的腿。

她到底有沒有打電話，我不清楚。反正，洋娃娃的腿一直沒有修好，就這樣，聖誕老人給我的見面禮，頭一天就殘廢了。

那當然是很不幸的事故，而禍首是理髮店的女兒，儘管如此，每次想起母親那天說了「伊勢丹」，後來也叫我抱了殘廢洋娃娃，我不能不感到加倍寂寞。在孩子來說，對聖誕老人的信仰跟他送來的禮物一樣重要可貴的。

悲慘世界

經常有人說，小孩子天眞無邪，孩提則是人生最快樂的時刻。我從小認爲那是一句廢話，因爲小時候的我根本不是天眞無邪，也從來不覺得快樂。當時的我不快樂的原因，是聽了太多悲慘故事的緣故。每天在家，母親給我講的人生經歷，從頭到尾全是悲慘的，簡直在她生活裡，一件好事都沒有過。

母親的不幸，開始於姥姥拉著她的手離開公公，跟第二任丈夫結婚的時候。當時，母親剛上了小學。不久出生的異父妹妹，則由她替姥姥帶大的。「放學後，同學們在草地打球、玩捉迷藏，我每次都只好旁觀，因爲老背著小妹妹。晚上去公共浴池洗澡，也帶著小妹妹。她從小胖嘟嘟，我倒是瘦怯怯的。別人看了都以爲我是繼女給欺負的。」

而且據母親說，姥姥確實老打罵她。「當年她脾氣好大。我一不聽話，就用煙斗打我。有一次，我弄髒了新年的絲綢和服，她氣得在外面剝掉了那和服，把冰涼的井水倒在我頭上，叫我差點就凍死了。」

時代也對母親不利。她小學一年級時候，日本開始跟英美打仗，到了第三年，美軍飛機經常來東京空襲。小孩子們只好集體離開首都，到鄉下避難去了。「當年，本來就缺乏糧食，但是，僅有的糧食，也給老師們賣掉了，爲了買煙抽！再說，那些老師都很殘暴。有個女同學，因爲課堂上說了幾句閒話，老師把兩枝鉛筆按進她鼻子去了。血淋淋地多麼可怕。」

母親講那些故事，她說是要讓我明白，相比之下我自己多麼幸福。奇怪的是，她講恐怖故事的對象，永遠是我一個人，而不是哥哥。

戰爭結束，但是母親的命運沒有好轉。姥姥踢走了第二個丈夫，母女三個人的生活馬上面臨了困難。母親從小功課好，本來要做醫生，然而，沒有錢，只好放棄志願，於是上了美容學校。在東京品川、富士山麓，她當了見習生的兩個美容院，均沒有一個好人。除了工資低以外，老闆、前輩都跟魔鬼一般地欺負她。二十三歲結婚，也沒給她帶來幸福，因爲不受婆家人歡迎，日子過得很悲慘。

總的來說，母親每天給我灌輸的思想不外是：這個世界很悲慘。

酒吧與便當

弟弟還沒出生以前，父母開過酒吧。在東京東中野，有爺爺創辦的壽司店，父親做了多年的廚師，然而結婚以後婆媳矛盾不休，乾脆獨立之後，在壽司店隔壁開了一家酒吧的。

當時，我兩、三歲，哥哥則四、五歲。深夜醒過來，父親、母親都不在家，我太小，還不了解情況。哥哥已經懂事了，他到現在都說：「母親做大碗的布丁，那是圈套。在我們興奮地吃下時，她要偷偷地溜出去的。可是，孩子很笨，每一次都上了圈套。」

只有一次，我去過那家酒吧。在吧台那邊，站著父母兩個人，在背後的架子上，擺著各種顏色的酒瓶。綠色、紅色的液體，裝在光潔的玻璃瓶裡，看起來好漂亮。忘了是誰給我倒了綠色的飲料。我還以爲是汽水，未料，喝起來特別苦，現在回想大概是薄荷水。看著我的樣子，醉客們哈哈大笑。有個胖子脫下了襯衫，披著大浴巾喝酒，我覺得很下作。其實，整個酒吧的氣氛，我都不喜歡。後來，有個小姐送我回家，她跟我一樣地把母親叫作「媽媽」。

母親把我們送到托兒所，大概是晚上工作很累，白天需要休息的緣故。哥哥先給拉過去，哭著自己跑回家，關在廁所裡不出來，我卻很乖，剛滿了三歲，每天主動走到托兒所去了。

托兒所跟幼稚園不同，後者是教育設施，前者倒是福利設施，乃沒人照顧的孩子們，由政府委託看管的。如果父母的收入少，根本不用繳錢，包括伙食費。平時在托兒所，到了中午就吃保育員做的午飯。只有每年一、兩次，去遠足的時候，大家從家裡帶來母親做的便當。當年，日本小孩子們吃的便當，一般不外是飯糰、蛋捲、章魚形紅色香腸、兔子形蘋果。偶爾有人帶三明治來，別人覺得很摩登。

那一次的遠足，我的便當與眾不同，到了午飯時間，我都沒辦法打開盒子，因爲用繩子綁得緊緊的，只好請老師解開繩子。「哎呀，紫菜捲！」她很驚訝地說。

原來，母親嫌麻煩沒做便當，前一晚酒吧關門後，順便到隔壁壽司店買一盒紫菜捲帶回家的。壽司店做的專業紫菜捲，即使隔夜都味道不錯，別的孩子們看著都羨慕不已；但是，我自己，倒非常想吃母親親手做的便當。

拔頭髮

我初中三年級的春天，有一晚，在自己的房間裡做功課的時候，無意識地摸到了髮旋。跟其他地方的滑潤頭髮不同，那附近的頭髮粗了一點，而且有很多小疙瘩似的。我一手摸著髮旋，精神不集中讀不了書了。

於是，乾脆拔掉了位於中心的一根頭髮，未料，格外舒服。仔細看，那根頭髮眞有點不正常，好像是營養不良的，除掉爲好。我連續拔掉了幾根；越拔越感舒服。可是，最後克制了自己。女孩子家，頭頂禿了，可怎麼行？

然而，到了第二天晚上，我的左手又無意識地摸到髮旋，而一開始拔，就拔個不停。實在太舒服了。那晚，我總共拔掉了幾十根頭髮。功課做完時看下邊，地毯上到處都是烏黑的頭髮。我感到恐怖；自己的行爲明顯不正常了。

當時，我剛上初中三年級，爲了翌年的高中入學考試開始做準備了。本來，每天下課以後去附近的圖書館複習。有一天，我在食堂吃麵包喝牛奶的時候，戴眼鏡、留長頭髮的男人在對面坐下來，問道：「咱們做朋友好嗎？」他是高中已經畢業的補習生，當時十九歲，比我大五歲。幾天後，一個禮拜日下午，我跟他約會去了。平生第一次踏進咖啡館，跟年長的異性說話，我極爲緊張，跟著，一起散步到他住的地方。「要不要進去坐？」他很溫柔地問我，那天，我沒有去他家。可是，下一次，大概不能拒絕了，會發生甚麼？我一方面充滿好奇心，另一方面極爲害怕。

第二天下課以後，我沒到圖書館，反而找物理老師徵求意見了。他是我一年級時候的班主任，年紀很輕，容貌不俗，乃女同學們暗戀的對象。在他研究室，邊喝咖啡邊談話。他說，十九歲小伙子的興趣只有一個。

我決定不去圖書館。奇怪的是，我也不能跟物理老師說話了，覺得他有點不乾淨。十四歲少女的心理非常微妙。就是在那一段時間，我開始拔頭髮，幾天內，頭頂上明顯禿了一點。

在學校，有個別的同學講到我頭髮，在家，卻沒有人提到。我爲了塗黑頭頂皮膚而用的油性塗料弄髒了枕巾的時候，母親也沒有說一句話。從此，我青春期的心理問題接踵而來，但是她始終視而不見。

愛情的結晶

小學六年級以前，我並不知道生命的祕密。但是，從小就注意到，家裡孩子多，會引起大人們的竊笑。

一九六〇、七〇年代，我在東京上小學的時候，核心家庭早就普及；同學們家裡，一般只有兩個孩子。若有三個小孩，已經顯得相當多。我家卻有男女男女男，總共五個孩子。

「你父母信仰天主教嗎？」有一次老師問道，我不明白他在說甚麼，只好搖搖頭。其他人則說：「你媽媽一定非常喜歡孩子的吧！」我也不知道該怎樣回答才是，因爲她從來不是溫柔的母親。

至於有惡意的親戚，經常在背後說：「窮人孩子多。」我家確實窮。不過，那到底是孩子多的原因，還是後果呢？

母親帶五個孩子出去買菜，商店老闆感嘆地說：「都是你生的？」每一次她都大聲回答道：「是呀。愛情的結晶嘛！」讓人家目瞪口呆。小孩子不明白「愛情的結晶」是甚麼意思，但總覺得母親的表情語氣有點可惡，當她問著：「是不是？」要我在老闆面前表示同意的時候，我尤其覺得很難堪。

稍微知道生命的祕密以後，有一件事情使我很煩惱。我哥哥、妹妹、小弟弟的生日，分別爲十一月十六日、十七日、十八日，乃三天連續的。若連續兩天，還有可能是偶然的。但是，連續三天，不會是偶然的吧？我一直想不通，也不敢問父母究竟是怎麼回事。

母親雖然生了五個孩子，但是對養育小孩卻不大感興趣。家附近的托兒所，最忠誠的顧客始終是她。哥哥四歲，我則三歲開始，每天在托兒所過八個小時了。後來，托兒所擴大服務對象、延長營業時間，第一個受益的，始終也是她。大弟弟兩歲，妹妹則一歲時，就上了托兒所。至於小弟弟，生後才八個月，還不會爬之前，已經給送去，每天待到傍晚六、七點鐘了。有一天，托兒所的保母半開玩笑地說：「你生是生了五個孩子，但都是我們帶大的，」令母親氣了好多天。

現在，我們五個兄弟姊妹偶爾聚在一起，總有人講到，當年在托兒所，等著母親來接時候感到的悲傷，雖然家裡孩子多，但是我們經常很寂寞。

女兒的疼痛

我從小肥胖，加上發育得早，到了小學四年級，已經明顯有乳房了。

體格檢查的時候，同學們看到我的裸體，很吃驚地說：「哎呀，跟媽媽一樣了！」令我很害臊。老師爲了安慰我，在大家面前說：「身體發育得早，並不是可恥的事情，」我更加恨不得鑽進地縫裡了。

母親對我的身體，全然不關心。甚至當父親說：「她開始有了乳房了吧？」母親都一口否定道：「她只是肥胖而已。」

當時，發育中的胸部特別敏感。有一天，鄰居阿姨來拜訪的時候，我給弟弟碰撞了胸部，疼痛得連話都說不出來了。阿姨看著我的樣子說：「好可憐，她那年紀的胸部很敏感。」母親卻漠不關心地說：「有這麼回事嗎？」

到了五年級，有些女同學開始穿上運動用胸罩了。她們的乳房比我小得多，但是人家的母親注意到女兒開始有發育的徵兆，搶先採取保護措施的。

記得有一次，我單獨去買菜回來的路上，在昏暗的架空鐵路橋下邊，給成年男子觸摸了胸部，回家後，我沒有告訴母親剛發生的事情。然而，從那天起，我很想穿胸罩遮蓋乳房了。母親仍舊不關心，我只好編故事說：「我夢見了你買給我紅色的胸罩，」聽了之後，她毫無表情地問道：「你要胸罩？」

自己生下的孩子，逐漸成長爲一個女性，好像對我母親來說是難以接受的事情。六年級開始有月經以後，我馬上發覺痛經特別嚴重。直到大學畢業，每個月一、兩天，我都只好躺在床上休息。若勉強出去，十之八九在外頭昏倒，是腦貧血加上劇痛導致的。青春的幾年裡，我坐過很多次救護車，原因每次都一樣。

學校保健室老師勸我去看婦科醫生，然而母親從來不同意，說：「未婚女孩子去婦產科多麼丟臉。」她本人向來沒有過痛經，因而不理解我的苦處。

我的痛經第一次得到治療，是去中國留學的前夕。我深怕在飛機上出事，鼓著勇氣自己去了醫院的。大夫聽了情況，馬上開個處方。令人吃驚的是，那藥片在家裡有很多，我後來才明白，本來治月經失調的激素製劑，母親是爲避孕而吃的，那是日本未開放避孕藥的年代。

樂隊．女裝．黑手黨

我初中時候是搖滾樂隊的鼓手，上了高中以後則改彈貝斯了。一九七〇年代的日本，很多中學生搞樂隊，當時幾乎人人都會彈吉他。不過，即使在那個年代，打鼓、彈貝斯的女孩子算相當特別。

本來我對音樂的興趣不怎麼大，後來我也知道自己明顯缺乏這方面的才能。但是，我有個哥哥。他要組織樂隊一定需要鼓手、貝斯手。我作爲妹妹不能不幫他的忙，於是掏盡腰包買了一套鼓和一把電貝斯。

現在回想，其實哥哥需要的是樂器，或者買樂器的錢。我買了鼓以後，跟哥哥合奏了幾個星期，有一天放學回家，我發現哥哥的一個同學在打我的鼓，他打得很好，比我好得多，從那天起，他成了樂隊的鼓手。哥哥對我說：「你彈貝斯吧。我們需要貝斯手。」

於是我又乖乖地去買貝斯。傻嗎？也許很傻，但我是心甘情願的，因爲當時的我非常崇拜哥哥。

哥哥從小長得像母親，我則像父親。哥哥跟母親一樣高而瘦，我卻是個小胖子。整個童年時代，周圍的女人，包括母親、姥姥、姑母、嬸子，以及家裡請的女工，都偏愛哥哥。她們看著我說：「你的樣子跟父親一模一樣。」我很小的時候已經知道，那是貶意的。而且我有一種印象：長得像父親的孩子是對母親不孝的。

大家疼愛哥哥，我也崇拜哥哥。小時候，我的衣服不很多。母親說：「你這麼胖，哪裡有賣合你的衣服呢？」哥哥的情況不一樣，他從小喜歡時髦的服裝。記得他小學三年級的時候，大概一九六八年吧，社會上靴子很時興，那是嬉皮的年代，不少年輕小伙子都穿女性化的靴子。可是，我哥哥才八歲。鞋店也沒有賣給男童穿的流行靴。好在哥哥長得高，腳也大，當時已經穿二十三公分的鞋子。母親帶他去鞋店，如他願，買了一雙二十三公分的長筒高跟靴，是女用的。我至今記得清清楚楚，那是象牙色的塑料靴，筒兒特別細。一個小學三年級的男童穿著那樣的女用靴去上學，校方自然會有意見。但是，母親和哥哥都不服氣，認爲當班主任的女教師思想不開通。

據說，海明威小時候，母親把他打扮成女孩子。三島由紀夫的幼年時代，祖母只允許他在家裡跟女孩子們玩耍。有些女人喜歡把男童當女孩子養大，結果會導致精神失調。

在我印象中，每次哥哥對女裝表示興趣，母親都沒有反對。他唸初中三年級時，身高已超過一米七五，在黑色校服下面還穿著母親的毛衣。全校三百多個男生當中，公開穿女裝毛衣的只有他一個人，校方以及多數同學都覺得他有問題，然而，一部分女孩子卻給他迷住了。

整個初中時代，他都是女同學的偶像，每年的情人節，他的書包塞滿了巧克力、蛋糕。穿著女性化的衣服，攏著長頭髮彈吉他、唱歌，形象不無像今天的木村拓哉。可是，高中的風氣不接受哥哥那種作風。他上的是右翼硬派的學校，周圍人看不慣留長頭髮的男學生，何況在校服下面穿著女裝襯衫。除了兩、三個好友搞樂隊以外，哥哥總是跟一個頭髮長的女孩子在一起。他們倆都長得高瘦漂亮，好比是從少女漫畫書跳出來的一對俊男美女。相比之下，我還是胖嘟嘟，滿臉長著青春痘，不能不崇拜哥哥。

進入青春期以後，被哥哥罵為胖子，我覺得實在吃不消。雖然好幾次都試圖減肥，中學生的食慾實在太強，無法控制，體重長期超過六十公斤。

對哥哥的女朋友，母親非常不滿意。她的長臉在別人看來很漂亮，母親卻說：「那個呆頭呆腦的樣子。」高中畢業以後，女朋友在一家大銀行任職。哥哥上了半年的職業訓練班以後，開始在父母親的小公司做事了。本來哥哥要考大學。但是，一方面功課不怎麼樣，另一方面家境也不很好。由我看來，最重要的還是母親給他的壓力。她寧願把兒子留在身邊。上了大學，說不定他有一天要遠走高飛。當哥哥決定放棄學業之際，母親給他買一輛跑車當獎勵。

不久，哥哥和那個長臉的女朋友分手了。之後，他帶到家來的是在職業訓練班認識的，比他大六歲的女人。當時哥哥十九歲，女朋友則二十五歲。她的頭髮跟以前的女朋友一樣長，但是長相好像差了點，反正給大眼鏡和劉海兒遮住，眞面目是只好猜想的。相比之下，她體型之變化，大家看得很清楚，總而言之，越來越胖。六年以後她懷孕，因爲很胖，過了六個月都沒人注意到。未料，舉行婚禮以後不到三個月，孩子已經呱呱落地了。

結婚以後，哥哥和嫂子都不停地發胖。從前哥哥偏食得厲害，西瓜、冬菇、蝦仁，他都不能吃，而且引以爲榮的。婚後，他突然間甚麼都能吃了。哥哥的髮型過去二十年沒有變，還是跟七〇年代一樣的長頭髮。他也仍然愛戴搖滾分子般的墨鏡，只是如今戴起來，圓圓的腮幫子特別顯著。在他旁邊，髮型依舊的嫂子都戴著墨鏡。她現在至少有八十公斤了，說不定有更多。有人看了他們倆，說「活像南義大利黑手黨頭頭和他老婆」。說得也是。

已經很多年，哥哥沒有罵我胖。

黑狗．「居候」．電貝斯

星期天，到父母家去取東西。事先掛過電話，到時候，大門是爲我們打開好的，一進去，我要取的東西，二十年前的電貝斯，也已經擺在那兒。但是，按了門鈴，喊了幾聲，都沒有人出來，唯有在門旁給拴住的黑狗汪汪叫。

那隻狗，總是拴在那兒，似乎極少有自由活動的機會，都好幾年了。本來是大弟弟養的小狗，稍微大了，不方便在公寓裡養，於是帶到父母家來。一開始，父母親也疼愛過牠，久而久之，實在太大了，有點可怕，遛狗時一不小心，反而要被牠拖了。大家對黑狗敬而遠之，另一個原因是牠的名字。當初，大弟弟可能覺得好玩，給牠取的名字是當時女朋友的小名，後來，他跟那個女人分手，和現在的太太要好了；這樣一來，那隻狗的名字簡直成了家裡的忌諱，誰也不敢大聲喊。可是，給牠改名呢，也似有小題大作之嫌……。

一個寵物，牠帶來的麻煩超過快樂的時候，雖然不是牠自己的錯，可說已開始走背運了。父母親沒有拋棄大黑狗。他們家的廚房總是有好多的罐頭，是專門給牠吃的。但是，他們和狗的關係，就是到餵食爲止，已經很多年，我沒聽過父母親講到那隻狗。失去了主人的關心，做寵物的好可憐，同時對周圍人帶來危險。沒機會自由活動，心情自然不快活，牠的叫聲越來越兇猛。再說，據寄宿在父母家的妹妹說，大黑狗已有好幾年沒有打狂犬病的預防針。

汪汪！汪汪！狗不停地叫，得了，自己進去算了，反正是娘家嘛。這個時候，我忽然注意到，大門左邊，在父母家名牌的下邊，貼著一小張白紙，有母親的筆跡字：「居候S」。

S是妹夫的姓。至於日文的「居候」，就是寄宿食客的意思。此間有俗語說：「居候，不好意思地要吃第三碗飯，」明顯具有諷刺意味。

妹妹帶兒子回娘家做「居候」已經有兩年半了。妹夫調職去外地，妹妹卻不肯放棄東京的工作，寧可夫妻分居。成人兒女在父母親家住，據日本的習慣，一般繳一些錢當房租生活費，可是，我妹妹從來不繳任何錢，只是偶爾往母親的撲滿裡放幾個硬幣而已。她白住在父母家，確實依賴性強，但也是兩廂情願的。

當初，母親幾乎誘引妹妹帶孩子搬回娘家，說這樣子既能保住東京的職位又能爲孩子的未來存錢。妹妹是老四，從小在家裡被視爲「半拉子」。如今其他孩子都離開父母家，她一個人回來，似乎能壟斷父母，尤其是母親的關心。

年過三十的女人，比丈夫還喜歡母親，也許有人覺得奇怪，但世上的確有這種事。既然妹夫都同意，我作爲姊姊也不必說三道四吧。反正，回到娘家以後，妹妹的處境實在不値得羨慕。雖然不用繳房租，她在家裡一點地位都沒有。母親常埋怨說，妹妹下班回家連晚飯都不自己做。實際上，母親一發現妹妹動手做過甚麼菜，就整個鍋都倒掉，大概她受不了自己神聖的廚房給侵犯。另外，每逢假日父母一定去旅行，妹妹非得留在家不可，因爲有那隻大黑狗需要餵食。

總而言之，妹妹回娘家壟斷的不僅是母親的關心還有她的虐待。這回，不知道是甚麼原因使母親不高興，她在門外貼紙向社會宣布，妹妹和她兒子是不受歡迎的「居候」，而妹妹竟默默地忍受（否則她爲甚麼不撕掉那張紙？），顯然在兩個人之間有兩廂情願的施虐／受虐關係。

當我們要脫鞋上去的時候，母親方從裡邊出來。她穿著極短的咖啡色印度棉連衣裙，兩條腿完全露出。

「來了，來了。對不起，我在洗澡間做清潔，沒聽見，」她說著攏上稻草般黃色的頭髮，不比上次染成緋色時嚇人。這是星期天，每週她唯一不上班的日子，卻從早到晚要打掃房子。樓下有三個廳，樓上有六個房間，以前五個孩子連姥姥也在，不僅全用得上，而且還嫌小。現在呢，人少了，房間一個接一個地變成倉庫。哥哥曾經住的房間，母親放了好幾列衣架，掛著她現在穿的衣服、過去穿過的衣服、孩子們以前穿過的衣服，包括我初中時候的水兵式女校服。我好多次勸過母親把那些舊衣服扔掉，她都不肯。有幾次，我自己扔進垃圾桶裡的舊衣服、舊貨，她一一撿回來，說：「我不准你浪費！」

不知怎地，舊東西很會集塵土。母親每個星期日花一整天打掃，但是父母家總是有灰塵很多的感覺，眞不是帶幼兒來的地方。

「是這個吧？」母親指著電貝斯問我。沒錯，二十年前，我高中時候玩過的樂器，後來小弟弟也彈過，都十年前的事了。之後沒有人理，算是埋藏在父母家不知哪一個倉庫裡。我打電話說要那把貝斯，母親毫不費事地馬上發掘出來。

「你們吃過飯嗎？」說著母親已經打開電冰箱端出很大的碗，「有東西吃呢。」不知道是甚麼時候做的甚麼東西，我慌忙地說：「不用！不用！」看旁邊，原來父親躺在按摩椅上打瞌睡，大黑狗還在外邊汪汪叫，我在腦子裡開始想早點告辭的藉口。

運動會的記憶

我向來運動能力差，從小對運動會沒有好的回憶，每年的賽跑，最後跑到終點的總是我。就有一次，我們的組只有四個人，而竟有人跑得比我還慢，結果，我平生第一次獲得了第三名獎章，覺得非常高興。糟糕的是，家人倒把我的成功當了笑柄。他們互相說：「一二三得了獎章，是倒數第二名的！」

還好，學校畢業以後，再也沒有了運動會，我一年裡最大的頭疼便消失了。直到這個秋天參觀了兒子幼稚園的運動會，我才發覺，其實運動會是舉家享受的歡樂場合。

當天早上，運動會於十點正開始，校門則在半個鐘頭以前開放的。我們九點半到場時，已經有好幾十個人在門口排隊等待。門一開，每個家庭的父親就同時開始跑，爲了佔領最好的參觀場所。原來，在跑道周圍，家長們可以鋪蓆子坐下來的地方只有一半。能霸佔第一排的家庭僅屬少數，其他人只好整天坐在別人後面了。眞沒想到，孩子們的比賽還沒開始之前，家長們先要賽跑一場！

我小時候的運動會，至多有母親、姥姥來鼓勵；如今，日本社會的風氣可不一樣了。

秋天的星期日，幾乎所有的父親都來參觀運動會，而且每人都拿著照相機和錄影機。也難怪，兒子的同班同學有一半以上是獨生子女；一些家庭，更動員祖父母和其他親戚等；好幾個大人一起鼓勵家裡唯一的小孩子。

我家兒子也有四個大人的啦啦隊。公公婆婆前一天搭新幹線特地從關西過來了，這天，幸虧能坐在第一排，孫子的一舉一動都能注視得清清楚楚。

孩子們的表現，沒有甚麼特別。今天的幼稚園以自由活動爲主，並不重視集體活動。在運動會前，孩子們做了幾天的排練，累得回家以後個個都哭鬧；到了當天，大家還是高高興興地參加賽跑、舞蹈等，家長們已經很滿意了。

相比之下，家長參加的幾個項目熱氣騰騰得很。首先是拔河，上百個父親母親分兩隊，戴著手套拉繩子，可不是鬧著玩的，第二天不少人腰痛去看醫生了。接著是化裝賽跑，乃四歲兒童的父親們變成爲各種昆蟲，讓孩子們「捕獲」的。化裝成獨角仙、鍬甲蟲、蒼蠅、蟬、蜻蜓、蝴蝶等等昆蟲的父親們到處跑的樣子，特別幽默，令人改變對日本男人的印象。

大部分項目結束以後，小朋友們回到家長身邊，坐在蓆子上一起吃便當。普普通通的紫菜捲、炸雞塊、清煮毛豆等，在外頭吃起來，怎麼這麼香?幼稚園一年的例行活動當中，孩子和家長一起吃便當的，只有運動會的一天。光是這一點，運動會是很特別的。

養育孩子有很多收穫，其中一個，就是能夠更換回憶。今天，我對運動會的回憶不再是小時候悲慘痛苦的那個，而是鼓勵兒子的歡樂記憶了。

生日鰻魚

我小時候，鰻魚不是經常吃得到的東西，好像每年只有一次，夏天最熱的日子裡，父親買來盒裝的鰻魚飯。日本人相信，暑伏丑日吃鰻魚，則不會由於苦夏而病倒。

父親買來的鰻魚飯，木頭盒子上面蓋著印有店名的黃紙張，然後用繩子繫成十字的。我至今記得，打開飯盒時感到的興奮。一年只吃一次，鰻魚跟聖誕蛋糕一樣難得可貴。我當時還太小，沒看懂黃紙上印的店名。長大以後才得知，那家鰻魚店叫「登亭」，乃連鎖性的廉價鰻魚店。

當年很少吃到鰻魚的，不僅是我家。當時鰻魚價格相當貴，即使是「登亭」的，而且只能在專門店吃到，不像現在到處有賣。每次走過附近的鰻魚店，感覺總是很神祕，富麗堂皇的舖面跟其他商店餐廳很不同，出入的人並不很多，但似乎都是有錢人。現在回想，當年在東京，等級最高的食肆大概就是鰻魚店。

後來，鰻魚產量、進口量增加，本來專門賣炸豬排、串燒雞的食品店也開始當場烤鰻魚賣了；但是，價錢還不便宜，我們仍舊每年吃一次而已。

有一段時間，母親幾乎每天都去那家兼賣鰻魚的食品店。但是她買的不是鰻魚肉，而是串燒鰻魚頭。跟軟綿綿的鰻魚肉完全不同，鰻魚頭很硬而且骨頭多，吃起來既苦又澀，孩子們都敬而遠之，母親一個人吃得津津有味，我還以爲她特別喜歡吃鰻魚頭。多年後才明白，母親生了很多孩子，身體難免虛弱，想吃鰻魚補一補，然而經濟情況不允許，惟好買廉價鰻魚頭吃的。

我上大學、出社會以後，才有機會去鰻魚專門店了。味道果然不錯，特別是蘸著山葵醬油吃的白燒鰻魚，從此成了我的至愛。

過去二十年，鰻魚越來越普及化，尤其這幾年，從中國大陸進口的鰻魚壟斷市場，價錢下降了很多。東京人燒鰻魚，本來先蒸後烤，結果吃起來軟嫩清淡；然而，如今超級市場賣的鰻魚，不知是做法不同還是魚種不同，口感猶如橡皮，味道也油膩不堪。

前些時過生日，老公問我要吃甚麼，也許是剛生了孩子的緣故，我馬上想到鰻魚了。這些年頭，進口鰻魚成了家常便飯，我倒想吃專門店做的地道東京式鰻魚飯。帶著嬰兒和三歲兒童，不方便去中心區的老字號餐廳，幸好附近百貨公司上層有日本橋「伊勢定」的分號。

生日當天下午五點正，我們上「伊勢定」立川分點的榻榻米房間。室內擺著應時鮮花，穿著和服的女性服務員送來的啤酒杯乾淨得晶瑩閃光。我們點了「肝煮」、「白燒」以及一人一份鰻魚盒飯，當然也少不了冷冰的清酒。

一打開上漆飯盒就飄來鰻魚香味。先舔一點清酒弄濕嘴唇，然後從容不迫地吃軟嫩清淡的烤鰻魚。此時此刻，我深深感到了生爲東京人的幸福。

不孝的肉刺

每一個孩子都愛母親；卻不是每一個母親都愛她孩子。很簡單的事實，我倒花了三十多年才能接受。

母親怎麼會不愛孩子？小時候的我，跟大家一樣，連懷疑都沒有懷疑過母親的愛。雖然她跟別的媽媽有點不同，始終不高興、總沒有笑容、從來不擁抱我、往往無緣無故地譴責我撒謊，然而我還是相信她是愛我的。

她為甚麼愛我？因為我是她孩子！在電視節目裡、兒童畫報裡，母親是一定慈愛孩子的。周圍的大人也說，懷疑母愛是不孝至極。我怎麼敢？

我從小被母親罵道：「你這個不孝的東西！」因為我指甲邊常起肉刺。她很有自信地說：「只有不孝的孩子才在指甲邊起肉刺，」使小孩子的思想特別混亂，因為我怎麼想都想不起來，有甚麼對她不孝的地方。現在回想，簡直是胡說八道。然而，幼年時代的我深信，母親說話一定有道理。

無論如何，代表著不孝心靈的指甲邊肉刺，母親認為不值得同情，因而從來不給塗藥。我看著肉刺，既疼又羞愧，要撕掉。但是，肉刺越撕越深越疼，母親越有理由說：「你這個不孝的東西！」了。

小學四年級的一天，老師叫我放學後先留下不走，我在安靜的教室裡一個人等待，心中很不安。終於進來的她，看到我指頭上的肉刺，問道：「這是甚麼東西？」我只好低著頭回答說：「因爲我不孝……」老師皺著眉，好像不明白我在說甚麼。我第一次察覺，母親說指頭肉刺代表不孝心靈，也許不是普遍的眞理。聽老師說「我們先去保健室」時，我實在吃驚，因爲肉刺得到治療是平生第一次。

老師熱情地塗藥，我深深感動，不過，那天她本來叫我留下，是爲了教訓。我態度粗暴，引起了女同學們不滿。「你要改變性格，」老師說。

人到底能不能改變性格？我至今不清楚。反正，老師既然熱情地給我塗藥，我不如她願地改變性格的話，似乎對不起她。於是，從第二天開始，我在學校裡，表現出新的性格了：開朗的、乖順的、諧和的我，老師以爲我眞的改變性格了。

這一切，我沒有告訴母親。她也沒有注意到我指頭上塗的紅藥。

新大久保小兒科病房

外甥生後半年，妹夫從東京調到仙台。還在育嬰休假中的妹妹，也抱著小娃娃搬過去了。

妹妹從小依賴性強，沒有單獨生活過。婚後找的公寓，離娘家很近，新婚夫妻動不動就回來吃飯。外甥出生後，三口子在娘家寄宿了三個多月。回到公寓沒多久，就要搬去仙台了。我估計，她在人生地不熟的仙台一個人照顧嬰兒，恐怕不容易。可是，這次的經驗，對妹妹的人格成長來說，會是很難得的機會。

未料，不到一個月，她抱著外甥回來了。「這個月，我要在東京參加兩次婚禮。坐兩趟新幹線太浪費了。乾脆中間留在娘家，」她說。過一個月，她又來東京說：「仙台太冷了。我回來拿冬天的衣服。反正，過兩個星期就是元旦了。我在東京等老公放假。」進入了新的一年，她遲遲不走而說：「仙台的暖氣費很貴。靠老公一個人的工資，沒辦法生活。可是，在小地方嘛，已婚女人找工作不容易，托兒所又特別難找。我只好留在東京，回原來的公司了。」妹夫也嘆著口氣道：「她在仙台，總是很不安，整天都打電話過來，叫我無法工作。我剛調到新地方，真需要集中精神做事。」

到四月，外甥正滿一歲時，妹妹的育嬰休假將結束。除非這時回崗位，否則會失去工作。她匆匆忙忙地去仙台一趟，又把春天、夏天的衣服帶回來；在東京辦好托兒所的登記手續，正式開始在娘家生活了。父母親對依賴性強的女兒，好像覺得加倍可愛。這回，她帶外孫一起回來住，老人家是滿歡迎的。

對這麼個生活安排，唯一不適應的是外甥。生後半年到一年，本來正是斷奶期，應該讓他吃多種食品的。然而，在東京、仙台兩地間來回跑，妹妹沒心思下工夫做斷奶食，結果導致營養不良，小娃娃身體很虛弱。三月底，去了一天托兒所，他就發燒了。從來沒離開過母親的小娃娃，忽然給送到陌生的環境去，根本吃不下保育員餵他的斷奶食，自然生病。休息兩天後，去托兒所，又發燒；這時，妹妹已回崗位，不可能馬上請假，翌日，還是把他送到托兒所，結果發燒越發越高。醫生看到連續十天發高燒的一歲孩子說：「讓他住院吧。」

四月初，我到位於新大久保的國立醫療中心看外甥去。正是傍晚吃飯的時間，在小兒科病房，好幾個母親陪著孩子，邊哄邊餵飯。雖然有護士，但是人手總是不夠的。有一個小娃娃在兒童床上哭叫，那就是外甥。我馬上走過去抱他。護士說：「餵他甚麼都不吃。抱了他也不停哭。」的確，在我懷抱裡，他繼續哭喊。過一個多鐘頭，其他孩子們吃完飯，準備睡覺的時候，妹妹才到了。「下班後，上司找我說話。到了新大久保車站，巴士又遲遲不來，」她解釋說。

那年，外甥總共住了三次醫院，最長的一次竟達三個星期。妹妹不肯離開父母，因而回東京工作。結果，她兒子才一歲就得離開雙親而住進醫院。我覺得，人生矛盾至極。

銀座的鞋店

在我小時候的記憶裡，銀座大街的商店總是關著門的。當年，父母帶我們去銀座，大多是週日晚上。在小巷裡的中餐廳吃完晚飯出來，大部分商店早已關門了。

不過，銀座畢竟是日本最高級的購物區；那些商店雖然關著門，但仍舊開著電燈。通過鐵格子，行人能看到，櫥窗裡陳列的高檔商品。

「哎呀！看那雙皮鞋多麼漂亮！」

我腦海裡，至今浮現母親緊貼在鐵格子，嚮往地盯住法國名牌高跟鞋的情景。那些進口鞋子，連小孩子看來都覺得非常美麗。有薔薇、向日葵、桔梗等，各種花兒的顏色，也有草原般的淡綠色、天空般的粉藍色。總之，跟家附近的鞋店賣的黑色、茶色皮鞋，明顯屬於不同的世界。

每次到銀座，母親一定要逛大街，爲的是看看鐵格子那邊的美麗皮鞋。她自己，卻總是穿著家附近買的黑色、茶色鞋子，從來沒穿過花兒般美麗的高跟鞋。當年家境不很好，無論是吃的還是穿的，她都習慣性地買最便宜的；高價進口鞋子終究是高不可攀的花兒。

不過，我估計，即使有錢，母親也專門嚮往美麗皮鞋而絕不敢去買，因爲她對自己的雙腳很有自卑感。二十四・五公分，對她這一代的日本女性來說確實相當大。加上，她長大於戰後經濟困難時期，各種東西都欠缺，特大號女鞋經常買不到，中學生時代的她，非得穿上男鞋不可。那種經驗在她心靈上留下了深刻的創傷，過了二十年都未治癒。

現在回想，具有諷刺意義的是，其實在全日本，尺寸種類最豐富的就是銀座大街的那些鞋店。我自己的雙腳比母親稍微小，但也往往找不到合適的鞋子。到處打聽後，有人告訴我，銀座的老字號鞋店有各種進口商品，其中包括大號、特大號女鞋。二十四・五公分，換個地方，只不過是少女的腳了。

這些年，我在日本買鞋子，多半到銀座華盛頓鞋店去。一樓面對大街的櫥窗裡，陳列著花兒般美麗的歐洲鞋子。日圓升值後，進口商品比當年便宜了。再說，這一家庫存特別豐富，我說要買二十四半的，也絕不會出醜。然而，我每次買的，還是黑色、茶色的便鞋。義大利製造的皮鞋，穿起來很舒服，大小也正合適。心滿意足地走出大門時，我又一次看看櫥窗裡各種顏色的高跟鞋，簡直是打開了蠟筆盒子一樣。

如今我有點明白母親當年的心情。對女性來說，漂亮的皮鞋充滿著神祕的魅力。平時的生活中，沒機會穿上的精緻鞋子，讓人夢想到灰姑娘的舞會。只要站在高級鞋店的櫥窗前，已進入中年的女人都魔術般地變成等待白馬王子的少女。

東中野壽司店

「壽司店要給拍賣了，」父親來電說。「我弟弟太傻了。沒有事先想辦法，也沒有跟我商量……。」

壽司店是爺爺創業的。離東中野火車站走路不到三分鐘的「朝日鮨」有六十多年的歷史。父親年輕時也當過廚師；剛結婚的幾年，母親則做了壽司店兒媳婦。

「東中野」三個字，當母親說出來時，從來沒有笑容，卻皺著眉頭，好像那兒是敵區。

創辦了壽司店的爺爺，四十二歲時中風，半身不遂了。奶奶和八個孩子的生活馬上面對困難。兩個伯父離家出走，姑母也趕緊嫁出去，父親只好幫奶奶經營壽司店並養育兩個弟弟兩個妹妹了，雖然他是老四，才是個中學生。

當父母結婚的時候，父親和老五叔叔是「朝日鮨」的兩個廚師。奶奶仍舊當老闆娘，兩個兒媳婦幾乎是她奴隸了。嬸子受不了，不到一年就回娘家去了，母親則勸父親一起走。他應該非常愛妻子，眞的跟她走掉了。留下來的叔叔不久再婚，自己開壽司店長達三十五年。

至於我父母，雖然從壽司店搬出去，但是沒有離開東中野。原來，爺爺創業時，土地只是租來的，父親單獨負責壽司店的時候，才跟隔壁一起買下來，以他名義登記了。也就是說，叔叔當老闆的「朝日鮨」，下邊的土地一直屬於父親。

在壽司店隔壁，父母先開了酒吧，後來完全改行，從事出版業了。父親打算跟叔叔一起蓋大樓；一樓開壽司店，二樓設出版社，上面可以大家住，或者租出去也行。可是，他沒能取得叔叔以及其他兄弟姊妹的同意。他們對「老四老婆」向來有看法。

對於父親的兄弟大樓計畫，母親本來就沒有好感，她想蓋自己的大樓。「既然你弟弟不願意合作，咱們單獨進行計畫了，」母親又一次勸父親，他又一次同意了。

從東中野火車站往南走，先看到破舊的日本房子。「朝日鮨」壽司店，生意一直隆盛，卻沒有改建店鋪。隔壁是新蓋的出版大樓，銀色的外壁反照著夕陽。在上層的董事室，母親靠著臥椅，眺望摩天樓林立的新宿。

「壽司店給拍賣，到底是甚麼原因？經濟不景氣的緣故嗎？」我問。

「不是的。弟弟想要有自己的土地。十年前了，泡沫經濟時期，房地產最貴，利息最高的時候，他向銀行借了錢，」父親說。

我不願意聽下去。叔叔已經六十多歲，他得離開住了一輩子的地方，我夠痛心，不想知道誰造成了原因。

龜有的長房屋

我簡直不敢相信自己的眼睛。

早就知道姥姥住了四十多年的房子已給拆掉了。但是，我根本沒有想到，整個區域，街坊鄰居都消失了。

那天參加姥姥的十二週年忌辰，地點在東京東部的葛飾區龜有。一九四〇年代初，姥姥離開第一任丈夫和大女兒，只帶著小女兒（我母親）來這裡重新結婚，不久小姨出生了。幾年後，第二任丈夫也給姥姥甩掉。後來，她和異父姊妹生活在長房屋中的小單位。

如今在東京，很少看到長房屋了。姥姥住的長房屋，好像分成四、五戶。一樓面對大街的部分是舖子，裡邊則是兩個房間，二樓也有兩個房間。雖然不大，但是母女三個人生活，是足夠的。不過，隔著一張薄牆就有別人住，幾乎沒有隱私可說。

我小時候，姥姥已經不做生意了。早年當店肆的泥巴地房間，後來鋪了地板，給我們孫兒女玩耍。她開的到底是甚麼店舖，我至今不知道。不僅是姥姥，而且母親和小姨都沒講過。我猜是小酒館。姥姥曾經告訴我，「爲了生活，除了殺人和偷東西，我甚麼都做過了。」我不怪她，在半世紀以前的日本，離過兩次婚的單身女人自己把兩個女兒帶大，一定不容易。

弟弟沒出生以前，母親經常把我和哥哥託給姥姥。當年，長房屋的各單位都從來不關門，姥姥坐在裡面，跟外邊走路的人打招呼。對方有時進來，坐在門檻上聊一會兒天。我們小孩兒，更是出入完全自由。我常去隔壁的天婦羅店，看叔叔炸芋頭。再那邊的糕餅店有賣紅綠黃橙各種顏色的大糖果。蹲在地上憧憬地瞪著，老闆娘偶爾往我嘴裡扔一粒。

陳舊的長房屋沒有洗澡間，廁所也不是沖水的。姥姥去公共浴池以外，有時也到鄰居家裡洗澡。做小學校長的井上老師家在斜對面，只隔著一條小巷。單門獨戶的一間房，設有鋪瓷磚的浴室。洗完澡，姥姥說一聲「御馳走樣！」，是跟吃完飯時一樣的。

那條小巷，現在回想是私人修建的道路。姥姥家後面住姓服部的一家人，太太做飯時，把炭爐帶出來。我在巷子裡玩耍，經常聞到服部太太烤秋刀魚的味道。井上老師家旁邊的中餐館，後門通往小巷子，剛初中畢業的徒工，整天坐在那裡削胡蘿蔔皮兒。

充滿我童年回憶的長房屋，一九八六年終於給拆掉。姥姥離開住了四十多年的龜有，搬到小姨家去，但是心情很不好，不久就去世了。

當十二週年忌辰之際，我想重訪她故居。

但是，根本沒想到，不僅沒有了長房屋，連那條巷子，包括井上老師家、中餐館，一切都消失掉，竟變成了不很大的停車場。

上野動物園的羊

村上春樹早期的作品裡，經常出現「羊」，我總是覺得很可怕，大概是小時候受的心理創傷所致的。

東京的孩子們去動物園，一般都是上野公園附設的動物園。雖然規模不很大，但是市區只有這麼一所動物園的。其他如多摩動物園、井之頭動物園等，則均在郊區。我小時候住在鬧區新宿，父母帶我去的，托兒所遠足去的，都是上野動物園。

回想上野動物園，很多人講到猴子電車，乃動物園裡的單軌電車，由猴子當駕駛員的。實際上，旁邊有飼養員監督著，猴子自己只是按開關而已。不過，穿著制服，戴著制帽的猴子一本正經地抓方向盤的模樣，實在很幽默，不僅是小朋友，連大人都拍手喝采。據報導，猴子電車最近完成了又一次的修理，仍舊在營業中。

我本人雖然也坐過猴子電車，但是印象最深刻的，始終就是羊。

那一次，好像是托兒所的遠足，一批小孩子和他們的母親，一塊兒去了上野動物園的。當時我們還很小，剛滿了三歲。老師、家長們認爲，最好給孩子們直接跟小動物接觸的機會。

在小孩子看來很大的動物園裡，有個兒童動物園，乃放著幾種溫馴的小型動物，如兔子、鴨子等，叫小朋友們自由觸摸的。現在回想，那兒童動物園大概只佔小小的一角落。可是，對個子矮小的幼兒來說，簡直跟眞正的動物園一樣廣大。何況，我一時和母親走散，自己徘徊在兒童動物園。

突然間，有人用指頭杵了我的後腦勺。還以爲母親找到了我，高高興興地轉回頭，要問她去哪兒的？未料，站在我面前的不是母親，也不是任何人，而是一頭怪獸。

那時候感到的極度恐懼，我至今記得清清楚楚。好大的一頭羊，無言無表情地追隨我，要用潮濕的鼻子杵我臉。羊的步調並不快，但是我走得更慢，怎麼也甩不掉牠。糟糕的是，周圍的大人們看著覺得很好玩，捧腹大笑，誰也想不到把我救出去。

長大後，看卡夫卡的小說，我都想起在上野動物園給羊追隨時候的恐懼感。在大人看來安全至極的兒童樂園，對小孩來說卻是恐怖至極的怪獸地獄，豈不是一部荒謬小說嗎？

有了那麼個孩提經驗，我後來一直害怕羊，大概是很自然的。具有諷刺意義的是，我非常喜歡吃羊肉。每次在餐廳菜單上發現有羊肉，都非點不可的。是否報復心態所致，我不很清楚。只是覺得羊肉無比香甜。

老江戶

小學時候，班裡只有一、兩個老江戶，即地道東京人。從祖父母一代起，連續三代生長在東京的才算是老江戶；其他則是鄉下人了。

一九六〇、七〇年代，東京都新宿區立淀橋第四小學的同學們，大部分還有老家。每到暑假、新年，他們都跟著父母，老遠回去見祖父母以及種種親戚。其中不少人的老家在於新潟縣、長野縣等冬天下很多雪的地方。聽著他們滑雪滑冰的故事，我心中無限羨慕。因爲我自己沒有老家可回去。

到了暑假，我一般都去東京東部龜有的姥姥家。她生長在鄰近的千葉縣農村，但是十五歲時，離家出走一個人跑來首都了。大正時代的摩登姑娘，一到東京就當職業婦女，學會開汽車、談自由戀愛、結婚離婚各兩次，成就著實不少。只是從鄉下家人的角度來看，她丟盡了臉，偶爾回去都不受歡迎。自然而然，我們也不會去了。至於龜有的姥姥家，那是她自己租的小房子；位於市區，環境跟新宿的我們家差不多。

我也沒有父親的老家可回去。他都生長在東京。當我上小學的時候，爺爺奶奶均已去世，由叔叔當家了。聽說，爺爺是年輕時候從郊區農村來東京開了壽司店的。不過，我自己從來沒去過他老家，也其實不知道具體在哪裡；父親從來沒有給我們講過。日本平民沒有家譜，僅僅兩代以前的事情都摸不清的。

連雙親都生長在東京、沒有老家可回去，然而我還不算是老江戶，因爲祖父母來自鄉下。再說，父母都在東京的邊緣地帶長大，並沒受過老江戶文化的薰陶；反而，無論是伙食，還是語言，受郊區農村文化的影響比較深。

過去的江戶比今天的東京小得多。老江戶庶民文化，今天只在淺草、日本橋等下町地區保留下來。要不只好往落語（日本相聲）等傳統文藝裡去尋找了。

至於當江戶主人的德川幕府武士，十九世紀的明治維新（政變）以後統統回老家；近代東京的主人則是，來自薩摩（鹿兒島縣）、長州（山口縣）、土佐（高知縣）、肥前（熊本縣）四個地方的新統治階級了。（所謂「薩長土佐」在日本政界至今很有影響力；前首相橋本龍太郎是土佐人、細川護熙則是肥前人。）其實，連天皇家族都是當時從京都遷過來的；並不是老江戶。

老江戶眞是寥寥無幾，我生長在東京都沒看過幾個呢。那稀少的老江戶之一，就是某一所名牌中學的音樂老師X先生。他家長期住在台東區根津，世代當刺繡匠人，如今他哥繼承家業。人們嚮往不已的老江戶文化，當事人倒說是：「跟陳舊的醬缸一般，臭得要命！」

於是幾年前，他搬到西郊吉祥寺，從前是德川將軍去打獵的森林了。他說：「這裡有波希米亞氣氛，連空氣都有自由的味道。」只能說是各有所好了！

兒童虐待

我第一次聽到「兒童虐待」一詞兒，是一九八〇年代中，住在多倫多的時候。當時在北美洲，很多人寫文章告發小時候給父母虐待的經驗。其中，牽涉到性虐待的案件相當多，令人覺得既可怕又噁心。

差不多同一時期，我也平生第一次去見心理療法專家了。之前，還在日本工作的時候，我都覺得心中有一朵黑雲需要專家驅散；但是，國立仙台病院精神科的醫生診察我兩分鐘以後便說：「你沒有病。只是要解決生活中的一些問題罷了。」在北美洲，不少人定期看心理療法師，乃不一定爲了治病，而爲了通過聊天去想通一個人無法想通的問題。

當時我二十六歲。進入青春期以後，一直心情不好。表面上看來很活潑的女孩子，心中卻悶悶不樂，經常想哭，甚至考慮自殺。人際關係上，我的問題很嚴重，尤其跟異性朋友的關係，總是弄不好。即使是兩人相好的時候，我都害怕被丟棄。我覺得，只要他發現眞正的我是甚麼樣子，一定會討厭我，於是，寧願主動破壞關係，也不能享受和平浪漫的日子。

那些事情，我在日本要跟朋友們談，都似乎找不到合適的語言。搬去加拿大看了各種英文書報以後，我才知道了自己的情況大概是怎麼回事。心情慢性不好、搞不好異性關係等，恐怕是「low self-esteem（自尊心低）」的表現，而自尊心低的原因，則一般是小時候在家裡缺乏安全感。

對於自己的家庭，很難客觀地評價。我家孩子多，父母之間比較親密，經常開家庭派對請客，很多人以爲是理想的家庭。然而，有部分朋友們，來我家見了父母以後，倒勸我早點獨立，因爲家庭環境似乎壓抑我的個性。現在回想，他們大概看出來在父母面前我不自在，甚至顯得很不幸。

離開家鄉，到了異鄉，討論家庭問題容易得多了。雖然講英語相當辛苦，但是我也覺得很自由，因爲講母語時感到的約束沒有了。我估計，如果一直用日語思考的話，到了後來都無法批評父母，何況批判他們。

當年在北美洲，好多人告發小時候受的虐待以後，截然斷絕跟父母的來往。那種環境鼓勵我去面對長期隱藏的心裡祕密了。

neglect

最近在日本，大眾媒體上關於兒童虐待的報導相當多。比北美洲晚二十年，日本社會也終於認識到事情的嚴重性；二〇〇〇年，國會通過了兒童虐待防治法。

不過，大家關注的，目前還主要是所謂身體虐待，而且孩子受重傷甚至喪命以後，才成爲事件。至於心理虐待，則很少有人談。在北美洲最受注目的性虐待，在日本仍舊是忌諱。

另一種虐待，以前大家都沒注意，最近才成了取締的對象。那就是 **neglect**，英華詞典說是中文「棄置、不顧、置而不爲」的意思。日本媒體上，曾經出現過「放棄養育」這個譯語，但是沒有被接受。現在連警察都乾脆用英語原文 **neglect** 了。

前陣子，警察逮捕了二十多歲的家庭主婦。她兩個孩子陸續去世，第三個孩子也受傷住院了。周圍人懷疑她虐待孩子。但是，以前警察調查孩子的死因時，沒有查出身體虐待，因而放她走了。最近，廣大社會以及警察對兒童虐待的認識比過去深入，連 **neglect** 也包括在內了。那個母親顯然沒有適當地照顧孩子們。經常不餵飯導致營養不良，孩子生病也不趕快給醫生看導致病情惡化等等。這種怠慢以前不是取締的對象。如今，要是後果嚴重，警察都要出面了。

其實，普通日本人的種種行爲，倘若在北美洲，則屬於兒童虐待之列，要給鄰居報警了。比如說，把幼兒單獨留在家裡，母親自己出去買東西，或者孩子不聽話，就打手背等等。

有一天，母親講起三十多年前的往事。「當時你兩歲，哥哥四歲吧，有一晚，我和你爸出去喝酒回來，你顯然從架床上邊掉下來了，弄濕著內褲在大聲哭。」坐在旁邊的妹妹說：「要是今天，那算是兒童虐待了。」母親則笑哈哈地，似乎覺得非常好玩。

我們小時候，從來沒有在家裡挨打，也沒有挨過餓。另一方面，晚上找不到父母，創傷小病得不到治療等經驗，卻常常有。當時，還不知道兒童虐待、neglect 等詞兒；然而，被棄置的感覺很深刻。只是，母親到今天都不感內疚。

我認爲 neglect 的本質在於缺乏興趣。動手傷害孩子的母親，應該知道自己在做甚麼；對孩子缺乏興趣的母親，卻始終不明白自己的「不爲」造成了多麼深遠的影響。

北新宿的岩間先生

從新宿火車站坐往西的中央線，不久就在左邊看到一所小學。那就是我的母校新宿區立淀橋第四小學。當時，我家住在離學校不遠，租來的木造小房子。隔壁住的岩間老爺是房東；他兒子岩間先生和太太均是老師；孫子和孫女則比我們大幾歲。

那地區本來叫作柏木四丁目。我七、八歲的時候，改叫為北新宿三丁目了。雖然離新宿鬧區不到兩公里，附近卻沒有高樓大廈，在狹窄的巷子兩邊，都是密密麻麻的小房子。我家住的那房子，樓下有兩個小房間和廚房、廁所、洗澡間，樓上也有兩個房間和小陽台，加起來才十幾坪而已。

巷子眞的很窄，恐怕沒有兩米寬。泥土小路中間放的方塊石頭，當下雨路兒泥濘的時候，起了安全島的作用。

有一次，斜對面的橫田同學家失火，叫了消防車。然而，路兒太窄，救火車無法開進來，只好停在巷口。把水龍拉得很長很長，消防活動進行得極慢，結果橫田同學家燒掉了一半。不幸中之大幸是那天沒有颱風；一旦延燒，後果不敢想像了。

如今回想在北新宿三丁目過的日子，我腦海裡浮現隔壁岩間先生的臉孔。他平時在學校教書，很少在家，而且假日在家的時候，都很少說話；乃父親岩間老爺還健在，中年兒子沒多少發言權的緣故。可是，不知怎地，我每次做惡作劇，總是岩間先生出現，板著臉抓住狐狸尾巴。

從我家出去，左邊是岩間家後門，外頭有個水龍頭。一年夏天，我在家裡跟同學玩耍，實在太熱，想要玩水了。岩間家人很少開後門出來，我壯膽扭開了水龍頭。冰涼的水像瀑布一般地流出來，很舒服很愉快。我們的笑聲顯然引起了注意，岩間先生忽然出現，說了一聲「關掉」。糟糕的是，我讓同學以爲那水龍頭屬於我家，她竟然還口說：「請你別管，這是新井家的。」岩間先生又說一聲：「不對。這是我家的，」就走了。

好像也在同一個暑假裡，有一天下午，我發現岩間家大開著後門。看進去，廚房桌上擺著裝滿了毛豆的大碗。剛煮熟，熱騰騰的綠色毛豆，擱了白色鹽，特有吸引力。我本來打算吃一個就走，但是毛豆非常好吃，我不能停下，轉眼之間，吃掉了一大半。如果，那時候出現的是岩間太太，我估計，她會笑著原諒我，可是，我跟岩間先生始終有反面緣分。他看到我面前的一大堆毛豆皮，甚麼也沒說，板著臉，轉頭走了。

現在回想，那大概是他準備下啤酒用的酒菜吧。我很想回去向他道歉，但是不可能了。聽說，岩間先生幾年前已經去世。

至於北新宿三丁目的木造房子，至今沒有拆掉，目前還在。我前陣子回去看過了。那條巷子跟摩登的新宿完全不同，簡直是老電影的布景了。

巢鴨「拔刺兒地藏」

當我第一次懷孕的時候，忽然開始對各地寺廟發生興趣，到處去拜佛拜神，大概是心中不安的緣故。位於東京巢鴨的高岩寺，我也是在那段時間裡第一次去的。

高岩寺的「拔刺兒地藏」全國著名。據說，江戶時代有個女傭，無意間吞下了一根針，主人讓她吃了畫有高岩寺正佛延命地藏菩薩的護符，果然把針吐出來了。後來，東京老百姓家裡一有病人，就去高岩寺拜地藏菩薩了。

那天在高岩寺，照樣有好多人。到正殿拜完了地藏菩薩，則去排隊拜院子裡的觀世音。病人哪裡不舒服，就用水洗淨觀世音身上同一個部分。善男信女說，這樣做，家人的病一定會治好。

我自己，其實沒有病，不過，還是用手洗一洗觀世音的肚子，心中祈禱順產了。至於我前後的老太太們，很多都抓著炊帚，使勁擦遍觀世音全身。我估計，她們也是來祈禱健康的。

這地區，向來俗稱「老太太的原宿」。東京的小姐們，沒事兒就去原宿溜達溜達；老太太們則到巢鴨，拜拜「拔刺兒地藏」，然後在附近的商店買東西，在甜品店跟伙伴聊一聊。

從JR山手線巢鴨火車站到高岩寺的那條路，兩邊全是針對於老太太們開的商店。服裝店賣黑色、灰色、棕色、暗紫色的棉褲子，全是腰圍放了鬆緊帶兒的。內衣店賣的肉色汗衫，鞋店賣的木屐、拖鞋，都是在其他地方好久沒看過的古老品種，而且價錢很便宜。老太太們高高興興地在店前品評選購的樣子，眞的彷彿原宿竹下通的女中學生。

老太太們穿的東西，我自己當然沒興趣買。可是，她們吃的糕點，我倒是很有興趣的。好幾家甜品店都掛著「芋羊羹」的牌子，看來是當地特產。

用甘薯做的黃色羊羹，我小時候在姥姥家吃過，乃是她去淺草寺拜觀世音買回來的。這些年，我都沒有吃「芋羊羹」，不是沒有得賣，而是給人的印象過時陳舊。如今有的是更好吃的糕點了。

巢鴨的老太太們讓我想起了十多年前去世的姥姥。這些年在東京，我不僅沒有吃「芋羊羹」，而且很少看到老太太。年紀大的女性是到處都有的。可是，今天六十幾、七十幾的日本女性，很多都自以爲是中年人，她們的穿著、化妝、舉止，一點也不像是老太太的。

來到巢鴨的，好像是另一種人。她們喜歡穿鬆棉褲、吃「芋羊羹」、拜「拔刺兒地藏」，總之喜歡做老太太，正如我姥姥當年……。

「你不吃『芋羊羹』吧？」身邊的老公忽然問。我還沒來得及回答之前，他又說：「看樣子，很難吃！」不知爲甚麼日本男人總是對甘薯有偏見。反正，當時我剛結婚不久，凡事不想跟他衝突，於是說了「那是老太太吃的東西」。結果，四年後的今天，我仍夢想巢鴨高岩寺外邊賣的「芋羊羹」！

卷三 無邊無際的東京

KODAK 5113 PJB-2
KODAK 5113 PJB-2
KODAK 5113 PJB-2
KODAK 5113 PJB-2
Sunshine

早稻田咖啡館

我對咖啡廳有兩種互相矛盾的要求。

一方面，我愛去固定的咖啡廳，最好有固定的位子坐。另一方面，我不願意跟咖啡廳服務員親近，最好他們永遠不認識我。

我去咖啡廳，一般都是爲了一個人看書，越安靜越好，最害怕被狎昵的服務員打擾。我也希望咖啡廳不放任何音樂。能夠滿足這些要求的咖啡廳，有是有，但是不很多。

大學的四年裡，我最常去的是早稻田銅鑼魔館。離大學正門，往文學系校園走，左邊就有白楂兒外牆的咖啡廳。到裡面，連室內設計帶桌椅都全用白楂兒，很有北歐風格。

很多上午，我起床後坐車去早稻田，先看政治學系布告欄。之後並不去課堂，而到銅鑼魔館，邊喝咖啡，邊從書包裡拿出來自己想看的書。我最喜歡坐櫃台最右邊的位子。因爲有柱子在後面，很有安全感。銅鑼魔館的櫃台高得出奇，坐椅子簡直要爬上去的。

當時在東京，一杯咖啡的價錢是兩百五十日圓左右。銅鑼魔館的咖啡特別貴，竟達四百五十日圓，比學生食堂的任何一樣菜都貴。我當時住在父母家，只要回家就有飯吃；自己打工賺來的零用錢，寧願在外頭爲了買「氣氛」而花掉。

咖啡廳老闆看起來四十歲左右，另外有兩個三十上下的小姐工作。我每週幾次去喝咖啡，一坐就是一、兩個鐘頭，應該可以說是常客，然而絕不是熟客。他們三個人對我，連點頭打招呼都從來沒有過。現在回想，也許當年的我患有輕微的精神症。那極度冷淡的態度並沒有傷害我的自尊心，反而奇妙地使我感到舒服，放鬆如在家。

「銅鑼魔」是英文「drama」的諧音，樓上眞的有一家小劇場。有一個晚上，我買票上去看演出。果然老闆當導演，兩個小姐是主角和配角。算是實驗性話劇吧，我覺得莫名其妙，其他觀眾的反應也不怎麼熱烈。

我出國留學以後，又回到早稻田，前後花了六年時光，終於畢業了。那段期間，在銅鑼魔館待的時間，至少有幾百個小時。

最近，有個朋友出了書，在新宿一家小酒吧開了紀念會。我到得晚，別人都已經坐下，正在輪流地自我介紹。正在發言的人說自己是某大學的藏學專家；我看著眼熟，忽然想起，他就是早稻田銅鑼魔館的導演兼老闆。

十多年過去了，他如今是藏學專家了，那麼咖啡廳恐怕早就關門了。我自然有所感慨。可是，曾經幾乎每天見面的他，對我卻一點印象都沒有似的。這一次，我稍微覺得不可思議。

我的淺草

這些年到淺草，我吃飯的地方，一般都是位於一丁目一番地一號的「神谷吧」，要不然就是花屋敷遊樂園後面的鋤燒店「米久」了。

東武線車站對面的「神谷吧」是東京最古老的酒吧，特製雞尾酒「電氣白蘭」非常有名。從外面看進去，一樓總是客滿沒有座位。我直接上樓梯到二樓去；除非是午飯、晚飯時間，不會很擁擠的。

「神谷吧」充滿著往日東京的味道；菜單上寫的很多是老派日式西餐。例如，炸牡蠣、香腸、冷牛肉、德國沙拉等。另外要一杯啤酒或「神谷葡萄酒」，當假日小吃最理想。附近住的老先生們邊喝「電氣白蘭」，邊喝黑白各一半的「half & half」啤酒。「電氣白蘭」雖說是雞尾酒，但是酒精含量相當高。有些人喝了一杯就當場鼾聲如雷，那定是第一次來的客人不了解情況。

若說「神谷吧」代表的是十九世紀末到二十世紀初的摩登東京，「米久」則是同一時期的平民化餐廳。從小小可愛的花屋敷遊樂園再走過去，有兩層高的日式老房子，就是鋤燒店「米久」了。

門口有個專門看管鞋子的老先生，把每一雙鞋子放在櫃子裡鎖住。木製鑰匙像明信片那麼大，上面用墨水寫著號碼。這號碼就是客人結帳時候用的。還沒付錢的人，即使要走老先生也不給打開鞋櫃。

每當客人脫鞋上去，老先生打一次銅鑼。聽到聲音，穿著和服的服務員馬上出來。裡面全是鋪了榻榻米的和式房間，用紙門隔開爲好多間了。如今在日本都很少有這樣完全和式的餐廳，而且「米久」只提供一種菜餚，即明治遺風鋤燒，實在令人嚐到時間旅行的味道。

在小小的鐵鍋上，先融化牛脂，然後燒半肥牛肉薄片，再加上稍甜的調味料，馬上沾著生雞蛋吃。按照「米久」的規矩，茼蒿、大蔥、蒟蒻絲、豆腐是分開燒的，否則會影響牛肉的味道。

很簡單的日式火鍋，不知怎地，在「米久」吃的比在家裡好吃很多。牛肉挑得好，調味料也有所特別；不過，最重要的，恐怕是環境。坐在「米久」的和式房間，感覺猶如做了古裝片的登場人物。唯一的問題是，一人吃一份鋤燒根本吃不飽。反正機會難得，多要幾份吧！這麼一來，等一下到結帳的時候，很想不穿鞋子就走了。

淺草很像台北萬華。「米久」附近的巷子裡有賣蛇、賣八目鰻等補品的商店，令人想起華西街。如果天還沒有轉黑的話，我還是想去淺草寺拜觀音，然後逛逛「仲見世」商店街。

東京火車站飯店

東京中心區甚少有過去的建築物。一九一四年竣工的東京火車站大樓算是最古老的建築物之一。紅磚頭蓋的新文藝復興式大樓，裡邊附設著飯店以及展覽室。

已故小說家森瑤子對東京火車站飯店情有獨鍾，生前常來逗留幾天，集中寫作的結果，成爲一系列、均以東京火車站爲背景的小說。聽說，從飯店客房的窗戶，能清楚地看到月台上的旅客。看著他們的表情，作家想像每個人搭長途列車離開東京的理由。

火車站本來就是充滿著故事的地方，尤其是長途列車的始發站。十五歲的秋天，我平生第一次自己去旅行的時候，從這裡坐了開往日本海的夜車。雖說是旅行，但是動機無限接近離家出走，凝視著玻璃窗映的我臉，心中極其孤獨悲傷。差不多二十年以後，跟未婚夫一起去關西看他父母的時候，也是從東京火車站出發的。那回坐的是大白天的新幹線，在月台上的小賣部，雙雙買便當、啤酒，乃非常快樂開心的回憶。光是我自己的兩次經驗，都相差一百八十度。憑小說家的想像力，種種故事都會在火車站展開了。

森瑤子寫的很多小說，均以婚外情爲主題。她本人二十幾歲就嫁給了旅行中的英國人，在東京帶大了三個女兒。可是，據說，三十多歲談婚外情的經驗，叫她執筆寫出了第一部小說《情事》。在多篇散文裡，她自己提到年輕時候曾訂過婚的對象，取消了婚約以後，也長期留在她心中，過十餘年再見面時，仍舊充滿著魅力，好比是黎明主演的香港電影。

她小說中的東京火車站飯店，往往是早已進入了中年的一對男女，背著配偶要跟情人去旅行時候約會的場所。老派飯店裡設有幾個小酒吧，都是只有圓形櫃台，一名男性招待員站在中間的那種。不怎麼年輕的女人拎著小皮箱單獨進來，喝著雞尾酒等情人，但是等了許久對方都不出現，直到她開始流眼淚，招待員沉默地再做一杯酒安慰她。過去幾十年，無數個下午，說不定真發生過那樣的故事。

我第一次去東京火車站飯店內酒吧，乃看了森瑤子小說以後的事情。別有風格設備陳舊的老酒吧裡，通過彩色玻璃，射進來懷舊色的光線。雖然地點很方便，但是普通旅客絕不會上來喝酒。唯獨有原因逃避群眾的人，或帶著祕密準備離開東京的人，才找到通往酒吧的木造樓梯。

所謂群眾裡的孤獨、大都會的寂靜，若有人要嚐其味道，我則推薦東京火車站飯店。

立川中華街

全世界很多地方都有唐人街。我曾在紐約、西雅圖、溫哥華、多倫多、蒙特利爾、倫敦、巴黎等地，逛過不同風格的唐人街。到了東南亞的越南、馬來西亞等國家，華人的勢力非常大，他們的活動範圍早就超過了小小唐人街。

在日本，橫濱、神戶、長崎三個老開放港口的中華街很有歷史。至於東京市區，雖然到處都是中國料理店，而且近幾年在新宿大久保、池袋等地區出現了華人集中的地區，但是至今沒有形成一條公認的唐人街。

最近在西郊立川開業的中華街，可以說是東京第一個。我說「開業」，因爲立川中華街不是自然形成的華人地區，也不是地面上的一條街道，而是在新開購物中心裡的一層樓。

立川離新宿坐火車四十分鐘，離東京站則要一個多小時了。以前，只有美軍基地和招待美國士兵的酒吧等，可以說是相當特殊的鬧區。這些年，基地變成了巨大的昭和紀念公園，附近開了伊勢丹、高島屋等百貨公司。捷運多摩都市單軌線開通以後，大規模電腦店、連鎖快餐廳等陸續開業，越來越吸引年輕人了。

在火車站上邊，本來有鐵路公司經營的高層購物中心 Lumine，去年春天開了另一棟，乃阪急百貨公司投資的 Gran Duo。一樓到五樓，幾乎全是針對於年輕女性的時裝店；六樓有各國風味的餐廳；七樓則是目前很受歡迎的中華街了。

整整一層樓裡，台灣茶藝館、港式飲茶店、上海小籠包店、北方餐館、揚州麵房、中菜素食店等，總共十多家食肆一家挨一家。另外有超級市場、茶具店，連算命先生都在營業中。一下扶手電梯就看到一對石獅子，旁邊則有九龍壁、關帝像。每到春節、元宵節、中秋節，都舉辦相關的活動。這個中華街，確實充滿著生活、文化的味道，聽說是上海出生、才二十幾歲的阪急員工山田櫻小姐策劃的。

我自己，到過幾家料理店就餐以外，最常去的是中國超級商店。曾買過大瓶豆瓣醬、甜麵醬、芝麻醬、黑醋、浙江醋、新竹米粉、皮蛋、鹹蛋、腰果、松仁、生花生米等，均是在一般商店買不到，或者價錢很貴的東西。紹興酒有好幾種，連北京土產的白酒二鍋頭都有的賣。有一天，家裡的蒸籠壞掉時，我趕快去補買一個了。

最近在東京御台場地區開了小香港，澀谷則出現了漢城東大門市場，好像有購物中心跟主題樂園相結合的趨向，而最時髦的主題就是亞洲城市。裝在水泥大樓裡的立川中華街，跟傳統的唐人街當然很不一樣，不過它還是令人興奮，也帶來方便，於是我非常喜歡。

神田神保町的「薯屋」

以書店街聞名於世的神田神保町，別有風味的食肆也不少。十字路口東北角有老字號啤酒屋「Luncheon」；舊書店集中的鈴蘭通有天津包子店；沿著白山通往水道橋車站走，右邊有西餐廳「Vegetarian」，左邊有「北京亭」以及我嚮往多年的天丼店「薯屋」。

所謂天丼，就是白米飯上邊放了幾種熱天婦羅，撒上甜味作料一起吃的。

「薯屋」是只有櫃台而沒有桌子的日式快餐廳，客人都默默地拿著大飯碗吃天丼。每次我經過「薯屋」，總是從裡邊飄來炸天婦羅時用的痲油香味。寫著店號的布簾很有氣派，那白茬兒櫃台又乾淨得不能再乾淨。我恨不得走進去要一碗天丼，卻始終不敢，因爲我是女孩子家！

東京三大美味壽司、蕎麥麵、天婦羅，均不是家常便飯，反之專業餐廳才有地道好吃的。但是這三種食肆，都起源於江戶時代的路邊攤子，向來不是女孩子一個人可以去的地方。

今天，社會風氣比以前開放得多，單獨光顧迴轉壽司店、車站邊蕎麥麵店的女性不在少數了。然而一九八〇年代我讀大學的時候，除非有長輩男性陪伴，只好敬而遠之。尤其是天丼，跟年輕女孩特別不相稱；拿著大飯碗吃的姿勢，當年只屬於男子漢。唯一的例外是老太太，東京一直有老女人吃天丼當午飯的習俗。

於是，大學時代的我，每次身在神田神保町都不得已走過「薯屋」而到隔壁咖啡館去。自己吃著咖哩飯、三明治等沒意思的東西，我心中無限嚮往熱騰騰的天丼。

十多年過去了，有一段時間，我住在香港爲各地的報紙、雜誌寫文章，其中有一份是神田神保町岩波書店出版的日文季刊。

有一次回東京，我要跟岩波的編輯見面談事情。在水道橋車站下車，沿著白山通往岩波大樓走，路上果然看到了「薯屋」。寫著店號的布簾也仍舊掛在門口。

這時我已經三十多歲，而且當天恰好有男朋友陪伴。我決定談完事情之後，一定要吃嚮往許久的天丼。

那天下午，我終於走進「薯屋」，默默地找到空位坐下時的感覺，好比追到了初戀對象一般。櫃台那邊的廚師也默默地做好天丼，把大飯碗放在我前邊。

純白的米飯上有蝦、喜魚、紫菜、青椒等，總共十種熱騰騰的天婦羅。當然也少不了店號的由來：特別好吃的炸紅薯了。拿著飯碗大口吃「薯屋」天丼，我不禁破顏一笑了。

原宿的中國人

老朋友楊靖從香港寄電子郵件過來說：「你記不記得那次在東京，餐廳服務員跟你說了甚麼嗎？我和建國今天又講到那件事，捧腹大笑了！」

都四年前的事了。楊靖和李建國到東京參加我的婚禮。當時他們兩個也剛結婚不久，來日本幾天當作蜜月旅行。

我和楊靖原來是多倫多大學英語進修班的同學。她是北京人，我則在北京留過學。我移民去加拿大交的第一個朋友就是楊靖。幾年後，我們都從多倫多搬到香港找機會去，最後跟各自的同鄉結婚了。

她丈夫李建國也是北京人，經過溫哥華，到香港當了律師。他們有夫妻相；高瘦個子、白淨皮膚、一雙杏眼，在一起猶如哥哥和妹妹。

楊靖和李建國在東京住的是銀座第一飯店。雖然不是最高級，但是地點非常好，走出去就是銀座大街了。他們一下機場巴士，馬上手拉手去逛街，在一家餐廳吃壽司了。

「我們說英語，人家聽不懂。好在菜單上有照片，指一指就可以了，」當晚楊靖打來電話說。她第一次來日本，但天生大膽，身邊有了新郎，更甚麼都不用怕了。

第二天上午，他們則到新橋火車站附近的蕎麥麵店，用自動販賣機買餐票，夾在日本上班族之間，站著吃了天婦羅麵。

「這附近很有趣。但是，買東西太貴了，」見面時，楊靖埋怨說。

「那可不，銀座是闊太太光顧的購物區。待會兒，我帶你們去原宿，」我說。

於是，我們三個人坐JR山手線到原宿，先在竹下通看看服裝店。氣氛跟銀座完全不同，好多穿著校服的初中生打開錢包在買衣服。

「大白天，又不是星期天，怎麼她們都不上課？」楊靖很吃驚地問。

「那些鄉下小孩兒是修學旅行來首都的。今天大概是難得的自由活動日，」我說。

已經過了中午，我們都覺得餓了。原宿是東京數一數二的時髦地區，有的是巴黎式露天咖啡廳、義大利麵店等。然而，楊靖搖頭否決，說：「既然來了日本，咱們吃日本菜好。」

東京是國際性大城市，世界哪個國家的飯菜都吃得到，只是，在原宿明治通，當地日本菜受冷落，這種情況很難給外人解釋。好不容易找到的一家位於地下室，晚上大概成爲酒吧，白天給附近商店的售貨員供應午飯。

坐下來打開菜單，果然沒有照片，而且都是烤魚定食一類的家常便飯，跟楊靖期待的日本菜（壽司！壽司！）大不一樣。我把每一個定食的內容翻成中文講給兩個北京人聽，他們也很熱心地問長問短。

有個服務員站在旁邊。二十出頭的小伙子，很有耐心地等待。當我終於替大家點完菜時，他說的一句話，至今使楊靖夫婦捧腹大笑。

他微笑著誇我說了：「你日語說得很標準！」

吉祥寺的安德麗婭

吉祥寺的安德麗婭，美國人Andrea Hirsig，我沒見過其人，只看過她書《罌粟花的顏色》（The Color of Poppies）而已。

《罌粟花的顏色》是來自紐約的安德麗婭跟日本男人後藤在東京談戀愛、結婚、不久懷孕而把胎兒叫作「罌粟花」、過了極爲幸福的妊娠期間、也經驗各種文化摩擦以後，終於成爲母親的紀錄。

三年前，我第一次懷孕時，跑到書店買了各種跟生育有關的書。其中，最喜歡的就是《罌粟花的顏色》，不知看了多少遍。也許因爲我本人是剛從國外回來，同時經驗妊娠和文化調整的緣故。那本書的背景是吉祥寺，因而我對吉祥寺也有了相當特別的感情。

吉祥寺是東京最西邊的鬧區，離新宿坐JR中央線大約二十分鐘。雖然再往西還有立川、八王子等商業地區，但是只有附近的人才去。住在其他地區的東京人特地去的鬧區，吉祥寺則是最西限度。

跟銀座、新宿、原宿等鬧區比起來，吉祥寺就低調得很，簡直就是住宅區。不過，這裡有第三世界雜貨店、爵士樂酒吧、魔術家開的咖啡館。不少作家和漫畫家亦是居民。可以說，吉祥寺是東京少見的波希米亞人地區。

從車站向南走，往井之頭公園的一條路，綽號爲Rasta Street，是取自牙買加宗教**Rastafarianism**的。附近果然有商店賣中南美物產，也有越南雜貨店、德國香腸店、印度咖哩店。到頭右邊有家燒鳥店叫伊勢屋；安德麗婭和後藤就是在這裡認識的。

伊勢屋是很破舊的傳統日本居酒屋，後面就是曠闊的井之頭公園，乃東京數一數二的大綠地。結果，伊勢屋最裡頭的玻璃牆，看起來是綠色的落地大布幕，特有大自然的氣魄。除了日本當地的男女老少以外，很多外國人都喜歡伊勢屋，因爲氣氛很舒服，而且價錢驚人地便宜的緣故。吃素的安德麗婭在伊勢屋，是專門要冷豆腐和辣泡菜的。

每次我們三口子去吉祥寺，一定到伊勢屋坐一坐。每次我們都講到從未見過的三口子。書中，安德麗婭寫，爲了盡量跟「罌粟花」在一起，後藤辭掉了出版社的工作，從此夫妻倆都在家裡做翻譯。顯而易見，他們是奮鬥中的小家庭，跟我們一樣。

在伊勢屋和井之頭公園，我無意中尋找安德麗婭的影子，好比她是失去了聯絡的老朋友。對一本書的作者，懷有如此深刻的感情，在我來說是甚少的。是否當時我身孕，受了荷爾蒙的影響，特別情緒化的緣故？

《罌粟花的顏色》是九七年十一月發行的，至今沒聽說有續集。「罌粟花」應該很大了。我祝他們幸福。

飯田橋日中學院

如今學中文的日本人超過一百萬。大學裡，最多人選擇的第二外語亦是漢語了。然而，我唸大學的時候，學中文的是少數派，常被以為是好事著，甚至脾氣有點拗。

早稻田大學政治經濟學系一九八一年的新生總共三十二班、大約一千六百人當中，中文班只有兩個，加起來才一百人而已。其中，女學生單單是我一個人。

班裡唯一的女學生不能曠課，老師一進來，就找我坐哪兒的。我一開始學中文，就非常喜歡，於是很認眞地學習。然而，一週只上兩堂課，進度慢得可憐。

中文課有兩個老師，即著名的音韻學者藤堂明保先生，和京都出身，後來到北京教書的楊爲夫先生。有一天，藤堂老師跟我說：「你喜歡中國話吧？要不要來日中學院？」原來，他是兼任日中學院院長的。而且，楊老師晚上也在日中學院當講師。就這樣，那年的十月開始，我每週三次，傍晚到飯田橋的日中學院補習中文去了。

當時的日中學院眞是一所特別的學校。校舍非常陳舊，至少有五、六十年歷史，有點像凶宅的。在破爛的課堂牆上掛著周恩來的肖像，旁邊寫著大口號：「學好中文，做中日兩國的橋樑！」教學內容都很奇妙；課文裡有不少文革術語，日本學生們唱的中文歌曲竟是共產黨〈游擊隊之歌〉，是打日本鬼子的歌！

具有諷刺意義的是，在老師們當中，思想最左的是一些日本老師。至於從大陸出來的中國老師，以及南洋來的華僑老師，一般對學院裡的左派風格搖頭嘆息。

我在日中學院的同班同學有二十個左右。其中，大學生佔的比率不到一半。也是大學一年級的兩個女生，靜谷和城野不久就退學了。只有我和明治大學二年級的男生浮谷學到結業。其他則都是社會人士了。年紀最大的是四十八歲的印刷廠老闆上田，跟著是日本經濟新聞北京特派員的夫人三森、神田神保町文具行的少爺古屋、愛知縣的公務員石垣、旅行社工作人員伊藤，還有神官小笠原等等。同學們的背景、學中文的動機都五花八門。當年才十九歲的我，平生第一次交到了大人朋友。每次下課以後，師生們一起去飯田橋車站斜對面的辰巳屋，喝酒聊天到末班車要走的時刻。

我在日中學院學了兩年多以後，去中國大陸留學。過兩年回國時，學校已經改建了。新校舍漂亮乾淨得猶如幼兒園，令人不由得想念凶宅般的老校舍。

最近，我坐火車經過飯田橋。雖然日中學院有點遠看不到，辰巳屋卻仍在老地方。轉眼之間，已經二十年了。我稍微覺得目眩。

六本木的上海

我是在東京六本木發現了上海的。

那是一九八〇年。當時的六本木是全東京最酷、最有洋氣的鬧區。在時髦酒吧、迪斯可舞廳裡，男女洋人站在粉紅粉綠的霓虹燈光下，一手持著雞尾酒杯，搖著身體談情說愛。有幾次，闊同學帶我去過了。可是，氣氛跟我熟悉的平民化新宿太不同，我總是覺得自己是局外人，畏縮得很。

有一天，翻著《PIA》雜誌，我注意到六本木自由劇場正在演出新節目的消息。作品叫作《上海預支王》，是音樂劇，由吉田日出子飾演女主角，每天下午、晚上都有演出。因爲我不習慣晚上的六本木，決定去看下午的一場。未料，位於首都高速公路邊，破大樓的地下室，只有百多個座位的小劇場裡，我發現了比六本木繁華幾倍的大都會。

一開幕，銅管樂器演奏的爵士樂響亮全場。舞台上，穿著白色西服的男人和戴著寬簷帽子的女人走下客船舷梯。一九三六年夏天，剛結婚不久的長號手波多野和橫濱飯店老闆的女兒正岡圓抵達上海黃浦江，乃新娘父親出錢叫兩人去巴黎學飯店經營的。做爵士音樂家的新郎卻早就心裡有數。他要留在上海。

後來，爲了替老朋友還債，波多野開始在共同租界的舞廳聖路易斯吹長號，正岡圓則唱歌陪舞了。《上海預支王》難得的地方，就是劇中音樂全都現場演奏。屬於自由劇場的演員雖然不是專業音樂家，但是他們半生不熟的演奏恰巧造成舊時上海的氣氛。再說，穿著旗袍唱「St.Louis Blues」、「Side By Side」、「I'm Following You」等等爵士樂名曲的吉田日出子實在迷人極了。在她的演員生涯裡，最成功、最令人難忘的角色就是正岡圓。

舞台上，本來繁華熱鬧的上海，隨著日軍侵華而逐漸荒廢，爵士樂演出遭到禁止，波多野癮上鴉片，最後日本戰敗兩人都無法回國。《上海預支王》的故事是劇作家齋藤憐虛構的，不過背景倒屬實，像波多野的日籍爵士手，在舊時的上海的確爲數不少。

關於從前的上海租界，之前我也聽說過，但是那次的演出留下的印象非常深刻。我不僅過幾天再去看一次，而且買了劇本、唱片。翌年春天上大學時，選擇中文爲第二外語，也大概受了影響的。二年級的暑假，到北京進修中文的歸途，在上海停留幾天，我每晚都到古色古香的和平飯店聽古式爵士樂，則明顯受了《上海預支王》影響的。

十餘年後，我搬去回歸中國前夕的香港住，恐怕也跟上海幻想有關。我到王家衛拍過影片的老餐廳，看著張愛玲小說吃俄羅斯菜，其實全是嚮往舊時上海的表現。而那一切，都在六本木的地下劇場開始的。

東京壽司中央

我曾經離鄉背井去海外漂流長達十餘年。期間有幾次，認眞考慮要不要定居下來。在加拿大的時候，甚至取得過永久居留權。我在東京出生、長大到二十二歲，故鄉充滿著種種美好的回憶。不過，我家人全部都住在東京，而我對他們的感情是非常複雜的。

很長一段時間，我既想回東京又不想跟家人見面。但是，作爲膽小鬼，始終沒有勇氣回東京住飯店，更沒有勇氣不見家人。在那樣的時候，我心想：乾脆甩掉故鄉就是了，從此做一片浮萍！

當時，網路還沒有普及，我跟家人的關係只靠國際電話來保持，也是我單方面打的，家裡幾乎沒來過一次電話。如果我搬家後不通知新地址，他們大概找不到我了。國際失蹤如此簡單。其實，我認識的一些人，就是那樣斷絕了跟故鄉的關係。

在我幻想裡，逃去的目的地是大西洋的愛德華王子島。在那裡的小餐廳當上服務員；租個閣樓房間住下來；夜裡一個人寫日記；被人問來歷時，笑著不回答……。總的來說，做一個神祕的東方女人。

只是，在現實生活中，勾消自己的來歷相當困難。也許我天生缺少編故事的能力，當別人問我在哪裡長大？父母做甚麼？以前做甚麼工作？專業是甚麼？爲何來加拿大？等等之際，總是如實彙報，一點也不神祕。

我在多倫多，很多週末都到攝影師約翰的工作室吃飯。他是大約六十歲的單身漢。兩個老朋友比特、維拉德也是單身漢。每週六晚上，三個老頭子聚在一起，邊動手做飯，邊喝葡萄酒聊天，氣氛輕鬆愉快得很。他們請的三個女賓當中，常常有我在內，一來我年輕單身，二來充滿著異國情調的緣故。

比特是參議員，對拉丁美洲、非洲的情勢非常熟悉。德國出身的電腦卡通專家維拉德則常去歐洲各國。可是，他們都沒到過日本。只有約翰多年前去過東京一次，對於銀座爵士樂俱樂部和新宿相機店印象很深刻。

喝了幾杯酒，三個加拿大老男人開始把我叫作「銀座姑娘」。尤其是酒鬼約翰，說甚麼「她是東京壽司中央派來的」，好像把我比作〇〇七那般特務影片中的角色。當年加拿大很蕭條，相比之下，東方各國包括日本的經濟仍很強。工作上面對困難的約翰，喝醉酒以後一定說：「你向東京壽司中央報告吧。多倫多有個攝影師叫約翰，人格圓滿、手藝可靠，即使從早喝威士忌都拍得出特好照片！」當然是笑話，卻也包含著一點本心。

我老遠跑到海外，本想勾消自己的來歷。然而，生活在外國，其實人家認識我以前，先要識別國籍，結果很難得到匿名性。到了鄉下如愛德華王子島，恐怕情況更爲嚴重。

「銀座姑娘！東京壽司中央萬歲！」聽著約翰的聲音，我開始放棄甩掉故鄉的念頭。

東京人在關西

記得中學時候第一次旅行到京都，我氣勢雄壯地去蕎麥麵店要吃聞名全國的鯡魚麵。下午在小小的舖子裡，客人只有我一個。中年老闆娘端來的熱湯麵，跟我本來想像的可不同。

躺在麵條上面的鯡魚跟樹枝一般地硬邦邦；原來所謂「身欠鯡」是，把北海道特產鯡魚的頭和尾巴拿掉以後曬乾到極點的。不過，我最吃驚的還是那湯水，根本沒有顏色。

生長在東京，我之前吃過的熱湯麵，無論是天婦羅麵還是月亮（雞蛋）麵，湯水一定有醬油色，然而，京都鯡魚麵的汁兒，卻跟白開水一樣透明。誠惶誠恐地吃一口，果然完全沒有味道。實在沒法子，我伸手抓了桌子上的醬油瓶，一滴一滴地倒進去。可是，奇怪得很，不管我放了多少醬油，湯水仍舊是透明的，喝起來都沒有味道。

今天回想，那天我平生第一次嚐到了關西「薄口醬油」。跟關東「濃口醬油」不同，「薄口醬油」顏色很淡，鹽分倒不低。只是，從小吃漆黑的「濃口醬油」長大，在我大腦裡，黑顏色和醬油味是牢牢地連在一起的，直到除非眼睛看到黑顏色，舌頭感覺不到醬油味。即使實際上湯水裡的鹽分很高，當年的我眞覺得，跟白開水一樣沒味道。

也是同一次在京都，旅館的晚餐包括刺身。因爲其他京都料理都沒有（醬油）顏色，東京人吃不出味道來，看到了刺身很高興，應該跟家鄉的一樣。

未料，用筷子夾了一片放進嘴裡，味道特奇怪，甜拉叭嘰地一點也不像爽口的東京刺身。經仔細觀察，我發現，雖然生魚片本身跟東京沒兩樣，但是擱在旁邊小盤裡的醬油很陌生。這回不是幾乎透明的一種，而是跟煤焦油一般漆黑泥濘的。當年的我不知道，那就是關西特產「溜醬油」，那邊的人專門沾著刺身吃。

關東和關西都在日本，相距僅僅幾百公里，然而彼此的生活習慣相當不同。那一次去京都之行，我平生頭一次經驗了文化震撼。

如今，我的另一半是關西人。每次陪他坐新幹線往西時，看著窗戶外的風景，我能指出在哪裡醬油的味道開始變化。過了名古屋，再經岐阜縣，到米原車站前，連外頭房子的形狀都不一樣了：日本式木造房子多起來，屋頂上都是重重的黑瓦。關西畢竟有奈良、京都兩個古都，居民歷來有較高的文化素質，至今保持著傳統的生活方式。

其實，有「薄口醬油」和「溜醬油」兩種，是關西人味覺敏感的緣故。用淡色的「薄口醬油」，好讓煮好的料理保持材料原有的色彩和味道。有趣的是，直到今天，多數東京人仍舊不知道「薄口醬油」、「溜醬油」爲何物。

無知的東京人

我小時候以爲日本是小小的國家，因爲周圍的大人總是拿日本跟美國、中國等大國比較。他們好像沒想到，跟世界上很多的小國比較的話，其實日本是夠大的。

中學時候，每逢假期，我都自己坐長途列車去日本各地旅行。有一次到了本州最北的青森縣，火車上的當地乘客互相講的方言，我根本聽不懂。大學畢業以後，當新聞記者赴仙台，在鄉下發生事件、事故的時候，非得打開本子進行筆談不可，否則聽不懂人家說甚麼，無法完成採訪任務。

在三十多萬平方公里的國土內，人們日常講的語言都有很大的區別。不必說，全國各地的風俗習慣也五花八門。

我住在多倫多的時候，有一天跟兩個日本朋友聊天。亞由美來自大阪，久美子則是九州熊本人。大家講到日本的家常菜「馬鈴薯肉」，可是具體指的內容有很大的不同。

我生長在東京，從小以爲，「馬鈴薯肉」裡面的肉一定是豬肉。亞由美卻不以爲然：「說『肉』不就是牛肉的意思嗎？說『豬』才是豬肉。我母親做馬鈴薯肉，當然用牛肉了。」

我感到了小小的文化震撼，因爲在我長大的環境裡，牛肉是高級高價、平時吃不到的食品。人家倒說，大阪人最常吃牛肉。

那個時候，一直在旁邊聽我們談話的久美子開口道：「九州的生活習慣，一般來說很接近大阪等關西地區。不過，在家鄉，我們說肉，指的一定是雞肉。做馬鈴薯肉時候用的肉，也是雞肉的了。」我感到的文化震撼更大了：活到二十多歲，我從來沒想到，大阪人吃的肉、九州人吃的肉，和我們東京人吃的肉，竟然都是不一樣的肉。

「那倒因爲你是東京人，」久美子說。「我看電視，從小就知道，東京的生活跟我們家鄉的很不同。長大後去東京唸書，我發現，生活細節上的區別，實在非常多。我估計，對於日本各地的多元性，全國最無知、最不敏感的就是東京人，因爲你們有首都人的傲慢。」

她好像說對了。實際上，東京人也不是不知道國內各地的風俗習慣五花八門，然而往往簡單地以爲：首都式生活才是日本正統，其他地方則是「鄉下」，他們的風俗是落後、奇怪、不值得去尊重的。東京人以爲日本很小但東京很大，直到在我們的腦海裡，東京膨脹到幾乎等同於日本的地步。

我本來也是很傲慢的東京人。那天久美子說的話，讓我大開眼界了。生長在首都，我對日本的理解，恐怕比多數國人淺了一層。比如說語言，很多日本人至今會說兩種語言，即方言和標準語。唯獨東京人，只會說新聞播送員那樣的標準語。不必說，用兩種語言去理解對象的結果，一般會更深刻。

聖誕前夕

有一個年底，我從多倫多回東京過聖誕節，但是東京沒有聖誕節可過。

在基督教國家加拿大，聖誕節是一年裡最大的節日，大夥兒回家鄉，跟家人吃團圓飯、交換禮物以後，每天參加各種派對，跟老同學、老朋友見面，直到慶祝元旦為止。相比之下，日本的基督教、天主教徒甚少，對大部分國人來說，聖誕節純粹是商業活動。

那是一九九〇年代初。雖然泡沫經濟已經破裂，但是市面上仍舊相當熱鬧。小朋友們跟著父母去百貨公司買玩具、圓形蛋糕。雜誌的專題鼓勵年輕情侶們在 Tiffany 買禮物，然後到東京港附近的五星級飯店，看著海景過浪漫夜晚。有些媒體報導說，哪一家飯店已經客滿，哪一家還有空房等等。

十二月二十四日晚上九點鐘，我赴地鐵赤坂車站對面的咖啡廳跟老同學見面。他是某一家通訊社的記者，平時在京都工作，那年底恰巧出差回東京，跟我聯絡上了。

聖誕節前夕跟已婚男人約會，我本來覺得不好意思，雖然彼此的關係光明正大、我跟他妻子也很熟。畢竟在西方，聖誕節是很重要的日子；在日本，意義似乎接近情人節了吧？

一走進咖啡廳，我就非常吃驚；上百個客人幾乎全是十幾到三十幾歲的女性。我在加拿大從來沒看過那麼個情景，何況在聖誕前夕。她們顯然不是基督徒、天主教徒，也沒有情人一起過浪漫夜晚，因而結伴出來吃晚飯，跟著到咖啡廳吃甜品的。在日語裡，「姦」字有「吵鬧」的意思，因爲有了三個女人一定很吵鬧。那晚，在赤坂車站對面咖啡廳的情形，就是「姦」得很。

老同學來電說，他工作還沒有完，要遲到一刻鐘，於是，我有了充分的時間觀察日本的聖誕前夕了。

看來，那些女性均爲未婚；在她們家裡，老爸老媽跟平時一樣看著電視新聞節目吃完晚飯，便去睡覺的。她們的男性同事恐怕也大多沒有異性朋友，說不定這個時候還在辦公室做事。

這樣子，全日本，這晚慶祝聖誕節的，除了極少數信徒以外，大概唯有小朋友和他們的母親（父親沒來得及回家）了。那麼，據報導，湧向Tiffany、東京港飯店的年輕情侶呢？我估計，如果不完全屬於虛構的話，只可能是曠課打工賺了零用錢的大學生了。一旦出了社會，日本男人哪裡有自由聖誕前夕提早下班？

我忽然覺得肚子很餓。看手錶，已經九點半了，老同學剛剛來電說，他要再遲到一刻鐘，畢竟，他也是日本上班族。感謝上帝，我不是他老婆。

我決定先吃點東西。打開菜單，選擇了義大利肉醬麵。咖啡廳的女客們仍然在聊天，仍然很吵鬧，沒有人在乎我一個人默默地吃著聖誕晚餐。

東京桃源「澤之井」

「怎麼樣？很美吧？」他問我。

我連忙點頭表示同意，實在太美了，簡直是桃源。我一時無法開口說話，只好發呆似地看著風景嘆息。

從新宿坐JR中央線，到了立川要改坐青梅線。過了青梅火車站，軌道都變成單線了。終於抵達澤井，是出發後一個半小時的事情。東京眞大，連這裡也算是東京都的一部分。

「我帶你去在東京我最喜歡的地方，」那天早上他告訴我。

雖然我生長在東京，成年以後很長時間都在海外住，不知不覺之間，東京變成了相當陌生的地方。反之，他生長在大阪，上了大學以後才來東京住的。但是，之後的十幾年沒有離開過這座城市，結果比我熟悉得多。

澤井火車站位於山上，下車以後要走下坡。

他邊走邊跟我說：「我曾在這附近租個房間寫過書。你知道《宮本武藏》的作者吉川榮治吧？他戰爭時候避難到這邊來，給迷住，蓋房子定居下來了。如果你感興趣，等一會兒我可以帶你去他故居，如今變成文學紀念館。」

看到「澤之井」的牌子，我們再下樓梯往多摩川邊。原來這裡有三百年以前、江戶時代創業的清酒廠。「澤之井」就是它名稱。

「有酒廠在，這邊的水應該很好喝吧？」我問道。

「那可不，好，我們到了，」他說。

哎呀！在我面前展開的風景，好比是一幅山水畫。多摩川上游的溪谷邊，樹林構成了誘人的陰涼。正好是櫻花盛開的日子，綠色的樹葉和粉紅色的花兒交織得特別漂亮。那中間有相當大的院子，其實是「澤之井」開的露天餐廳，供應著剛做好的清酒和用清澈山水做的豆腐等小吃。

我們找個位子坐下來，開始品嚐冷清酒，味道比我以前喝過的任何酒甘美。他說清酒是剛出窖的最好喝，經過運輸總會差一些，還有，美麗的風景和新鮮的空氣大概在幫大忙呢。樹上有鳥啼，吊橋那邊則傳來鐘聲。

「那是甚麼？」我問。

「對岸有寒山寺，是蘇州寒山寺的分院。」

我想起多年前訪問蘇州，坐在文雅的中式庭院裡感到的福氣，跟這時候的感覺是挺像的，沒想到，東京竟有這麼好的地方。喝完酒後，我們過河到寒山寺敲鐘，然後沿著多摩川邊的小路走到鄰接的御岳火車站。附近有特好的蕎麥麵店。

後來，「澤之井」也成了我在東京最喜歡的地方之一，每次有朋友自海外來，我都想帶他們去邊賞風景邊喝酒。可惜，離市中心稍遠一點，除非有一天空閒不能去。最近，越來越多東京人發現「澤之井」。大型觀光巴士開始載客而來，氣氛沒有以前那麼幽靜了。畢竟我們活在人間，桃源很難保留下去。

目白四部曲

小說家金井美惠子有所謂「目白四部曲」，乃均以東京目白地區為背景的四部作品：《小陽春》、《文章教室》、《小丑之戀》、《TAMA啊》。

其中，我最喜歡的是以兩個女大學生「我」和花子為主人翁的《小陽春》，大概是我自己曾在目白附近過了青春歲月的緣故。（作者十餘年後寫了《小陽春》的續集《關於她（們）我所知道的兩、三件事情》；書中，兩個女主人翁都是快到三十歲的女人了。）

目白在於JR山手線池袋和高田馬場兩個車站中間。我唸高中時，每天從池袋坐五分鐘的地鐵上學；大學時代，則從高田馬場坐巴士往早稻田的。在那段時間裡，有好多次，我跟不同的朋友散步到目白去過。

雖然離鬧區不遠，目白本身倒是清靜的住宅區。當年，前首相田中角榮的豪宅位於目白。聽到目白，大家自動地想到了田中家院子的池塘裡游泳的好幾條鯉魚，據說每條值兩、三百萬日圓。如今，田中角榮已經去世，繼承房產的女兒（前外交部長眞紀子）付不起遺產稅，只好把一部分土地繳納給國家。當年的豪宅早已不在了。

對學生來說，目白是學習院大學和日本女子大學的所在地。附近還有東京音樂大學、御茶之水女子大學等高等院校。以螢火蟲聞名的椿山莊，有著名文人墳墓的雜司谷靈園也不怎麼遠。總的來說，一對男女學生散步到目白，是光明正大、極爲自然的行爲。同時，青春歲月的行爲，哪一件沒有幕後目的？

看著《小陽春》等金井美惠子小說，我發現孔雀超級市場、處女山公園、面影橋等，曾有一度非常熟悉的地名。學生沒錢，喝了一杯咖啡以後，只好繼續走、走、走，走到哪裡？走到甚麼時候？誰也不知道，誰都心裡有數。

金井美惠子的小說，很會把我帶入一種「狀態」裡。一開始看，往往就看個不停，直到我懷疑，是否書頁上塗著鴉片粉？那感覺，讓我想起青春的散步。一開始走，就走個不停，雖然天已經開始轉黑了……。

我十六歲平生第一次接吻，是在目白火車站附近。躲在完全黑暗的角落裡，我清楚地看到了明亮月台上面的乘客們。眞神祕。他是事先找好了那地點的？還是偶然走到的？我至今不知道。

金井美惠子以目白爲背景的小說並不限於所謂四部曲。除了《小陽春》的續集《關於她（們）我所知道的兩、三件事情》外，還有《輕度目眩》等，很多很多。我幾乎全看過，而每一本都看得相當仔細。但是，長期居住目白，對大街小巷很熟悉的金井美惠子，也好像沒有發現那神祕地點。

府中的「鯛燒」

前些時去府中大國魂神社拜拜，恰好是大安吉日，人特別多。

在神殿，有一對新人正在舉行婚禮。日本神道的儀式，雖說很莊嚴，但是過於嚴肅，看不到一個笑臉。儀式結束後，新郎新娘打著紅傘往囍宴會場。走在後面的親戚們，個個都板著臉，竟沒有一個人微笑說話的。

相比之下，在院子內，被父母、祖父母抱著等待的小娃娃周圍，笑聲不斷。那些小娃娃剛剛滿月，父母選擇吉祥的日子來神社給他們驅邪。披上了絲綢盛裝的男女嬰兒，一般由婆婆抱著。他們的母親也穿著和服，氣氛確實很幸福。

大國魂神社在東京西部算是最重要的神社之一。每逢吉日，有很多善男信女來拜拜。尤其是每年十一月十五日，此間所謂的「七五三」節前後，穿上了豪華和服的七歲、三歲女童以及五歲男童，給父母拉著手來參拜。場面很熱鬧、可愛。

我每次坐巴士到府中，都順便拜拜神社，猶如到了親戚家附近，自然去拜訪一樣。拜完了之後，則一定到FORIS購物中心去，因爲一樓有賣非常好吃的「鯛燒」。

「鯛燒」是日本傳統的甜點。在鯛魚形麵餅裡塡滿著紅豆沙。剛剛做好的吃起來，脆脆的皮兒和熱騰騰的紅豆沙同時進嘴裡，又香又燙，特別過癮。

我小時候，到處有賣「鯛燒」，但不是正規糕點店賣的。「鯛燒」和圓形軟皮的「今川燒」，一般都由路邊小攤子專門賣。當時的父母親嫌小攤子的商品不衛生，不讓幼小的孩子們吃，自己卻偷偷地買來吃。上小學以後，逐漸有了機會吃「鯛燒」、「今川燒」，我一下子給迷住了。尤其是「鯛燒」的幽默形狀令我非常興奮。

當年的東京甚少有冰淇淋店、蛋糕店。塗著奶油的蛋糕是每年的生日和聖誕節，母親向家附近的麵包店訂購才吃得到的。至於冰淇淋，我們平民小孩兒根本沒吃過，夏天吃的是粉藍色的蘇打味冰棍兒。

三十年過去，情形可不一樣了。如今東京大街上，到處都是冰淇淋店、蛋糕店，反而很難找「鯛燒」、「今川燒」了。我家附近竟沒有一家賣。每逢廟會，路邊攤子賣橢圓餅含紅豆沙的「大判燒」；但是皮兒不脆，再說沒有魚的形狀，無法滿足我對「鯛燒」的渴望。

於是，去府中，其實最大的目的是吃「鯛燒」。ＦＯＲＩＳ購物中心一樓的小店「千秋」賣的「鯛燒」很豐滿，從頭到尾全是豆沙，加上價錢很便宜，一個才一百日圓，乃冰淇淋的三分之一而已。

村上春樹說，他重視生活中的「小確幸」，即「雖然小，但是確切的幸福」。對我來說，府中「千秋」賣的「鯛燒」，可以說是生命中不可欠缺的「小確幸」。

市谷木偶店

有一天，我在東京市谷的街頭碰見F先生。幾年沒見，他發福了不少，也難怪，如今他是四十多歲的人了。

「怎麼樣，生意好嗎？」我問他。

「託你的福。過去一、兩年，幸好沒有虧本。」

F先生開的是木偶店，賣的不是小朋友的玩具，而是從歐洲進口的藝術品。

「這些年經濟不景氣，我本來害怕會影響到我生意。出乎意料之外，顧客反而多起來。很多是三十幾歲的單身女性，」他說。

「是這樣啊！」

「有固定收入的職業女性，買過名牌服裝、皮包，也去過幾次海外以後，每年兩次發獎金時，來我店買歐洲藝術家做的木偶，拿回家當裝飾品或者當寵物都說不定，」他解釋。

那些女性，我較容易想像到。如果是十餘年前的泡沫經濟時期，她們大概買了名家的版畫而心中期待將來升值；今天時代不同了，大家對投資不感興趣，反之願意花點錢增加生活中的樂趣。接近中年的職業女性，倘若過著單身生活，那麼買一、兩個木偶當寶貝兒，在我看來順理成章。

「價錢不便宜吧？」我問F先生。

「從十萬到三十萬日圓不等，我以前根本沒想到，竟有這麼多人有閒錢買高價木偶。」

「你改行得正好是時候了。現在，出版界不景氣得很呢，」我說。

當我們認識的時候，F先生是個自由作家。聽說，他大學畢業以後做了中學的警衛員，是對教育感興趣，卻性格內向，不敢面對學生的緣故。後來他參加教育改革運動，開始發表一些文章。F先生三十出頭時乾脆辭職，做了自由作家。

他文筆不錯，只是性格仍舊內向，每次出去做採訪都得鼓起勇氣。有一次，爲了雜誌專題去台北，他感到的壓力實在太大了。在人生地不熟的外國城市靠翻譯進行訪問，顯然超過了他的能力。一天早上，編輯去飯店房間接F先生時，他躺在床上全身痙攣。編輯看出來是怎麼回事，特意給他要了日式咖哩飯。F先生吃了以後覺得好一些，但是從此不能離開飯店了。

那一次台北之行，乃他人生的轉捩點。回國後不久他結婚，太太是木偶戲團的團員，聽她說東京很少有進口木偶專門店，F先生考慮開商店了。恰好他父親在中心區市谷擁有房子，長期租二樓的小公司要搬走。當女兒出生時，新做爸爸的F先生下決心第二次改行。經夫妻倆動手裝修，木偶店終於開業了。

「要不要到我店坐一會兒？」F先生問。

我本來很想去看他鋪子。但是，第一次去，似乎不能不至少買一個木偶，我給他剛才說出的價錢嚇壞了，畢竟我還在出版界呢。

「下次吧！」說著我跟他握手。今天他的姿勢相當穩定，很難想像在台北飯店的床上全身痙攣的樣子。

無邊無際的東京

從二十幾到三十幾，我在海外住了十二年。北京、廣州、多倫多、魁北克、紐約、香港，在不同國家的不同城市，總共住了十二個家。

當時，每次回東京老家，我都利用成田機場。

眾所周知，成田機場雖然正式名稱爲「新東京國際機場」，但是離東京市區非常遠。無論坐巴士，還是坐火車，都要將近兩個小時。聽說有個外國人不知機場離東京多遠，一下飛機就叫了的士。未料，坐了多久都不到東京，終於抵達時，車費竟達四百美元！

除了地點不方便以外，從成田到東京的風景也令人洩氣。機場附近的千葉縣農村還好，經過迪斯奈樂園進入首都以後，從兩邊車窗看到的，均是灰色的水泥寫字樓以及密密麻麻的木造小房子。

日本地震多，加上人們對土地有原始信仰的緣故，東京居民至今寧願住在「兔窩」裡，也不肯搬進「空中樓閣」去的。結果，東京的面貌跟世界其他大城市非常不同。一方面，沒有新加坡、香港那樣林立的高樓大廈；另一方面也沒有歐洲、美洲那般綠色草坪悅目的院子。反之，東京人以三十五年的分期付款購買小小的土地，上面不留一點空地蓋起的房子小得可憐，而且都是用了合成建材的，以世界標準來看，相當低級。天氣一晴就在陽台上掛滿著衣服和被褥，外國人絕不相信那麼個住房竟值好幾十萬美金。

當年，我住在空間寬裕的多倫多，每次飛回日本來，從高速公路上看到的東京簡直像是世界最大的貧民區。雖然國家是世界數一數二的經濟強國，人民的生活質量倒不如很多發達中國家的。再說，東京位於關東平野，地勢沒多少起伏，結果一眼就望到幾萬平方公里內蓋的上千萬棟小房子，眞是密密麻麻得無邊無際。

長期生活在海外，我偶爾被類似於鄉愁的感情所襲。但是，一想到那密密麻麻、無邊無際的景觀，就覺得不可能回去，因爲東京會叫人窒息。

然而，那一切，有一天突然改變了。當然，改變的不是東京，而是我自己。

五年前，我在香港認識一個日本男人，很快決定要跟他結婚了。之後，幾乎每個月都回東京一趟，爲婚禮以及婚後生活做準備。幸虧他選擇的新居在西郊國立，在東京算是環境很好的地區。不過，最關鍵是，我平生第一次對小市民家庭生活中的喜怒哀樂有了共鳴。

那一天，爲新居訂好了家具、燈具等，要回香港的中途上，從車窗看著密密麻麻、無邊無際的東京，忽然間受了感動，流出眼淚了。原來，在每一棟小房子裡，都住著一個小家庭，乃男女相愛而結爲夫妻，生育兒女的。有時歡笑，有時吵架，全家的喜怒哀樂都發生在合成建材的賤房子裡。人生可憐？還是可貴？顯然都是。

我發現，密密麻麻、無邊無際的東京，其實是無比有人情味的大城市。

中國料理的迷宮

一九八〇年代中，我到北京留學時，吃驚的事情可多。其中一個就是：地道的北京菜很難吃。

「你吃不吃得慣中國菜？」當地朋友們經常問我。

「吃得慣，很好吃，」我總是笑著回答說，但那是客套話。

假期回東京，參加了中學的校友會，地點恰巧是一家中餐館。

「你在北京吃得到地道的中國菜，應該比這個好吃吧？」老同學吃著番茄醬味道的日式乾燒蝦仁問我。

「北京的中國菜，是很不一樣的，」我只好這麼說。因爲我知道，當時的北京菜難吃，最大原因就是中國還很窮。

我在北京只吃過一次蝦仁，乃是一個當地朋友的母親，爲了招待我這個「外賓」，特意去排隊兩個小時才買到的。在寒冷的冬天，她買來的蝦仁是半冰凍的，燒好了之後，要我一個人吃。全家人掛著笑容凝視我的嘴巴。我道謝後吃了一口。沒有味道，有點像橡皮擦。

「好吃嗎?」全家人異口同聲地問我。

「非常好吃,」我笑著回答說。

當時的中國眞的很窮。學校隔壁有家國營商店,擺著各種蔬菜。有一次我去買菜,打算自己做飯吃。

「我要買洋白菜、青椒、胡蘿蔔,然後……」還沒說完以前,站在櫃台那邊,穿著白衣的售貨員便打斷我的話道:「都沒有。」

明明擺在眼前的東西,她爲甚麼說沒有?但是,當年在北京的國營商店,售貨員是女王,顧客是奴隸,她只云「我說沒有就沒有」,而不肯給我解釋到底是怎麼回事。

後來有人告訴我,在國營商店陳列架上擺的東西,是爲了陳列而擺的,並不是爲了賣的。共產主義國家,不可思議的現象不勝枚舉。不過,主要還是當年的中國很窮。

有一次,一對中年夫妻請我到他們家吃飯。那是個冬天的星期日中午。做中學教師的先生去市場買菜,當小學教師的太太則留在家中,跟我一起準備餃子皮兒。

那天的白菜豬肉餃子!

我這半輩子,之前沒有吃過,後來也沒有遇到過那麼可憐的餃子。先生買到的豬肉,全是肥的,一點瘦肉也沒有。至於白菜,恐怕在外頭放了好久,全都凍透了。

「我們中國的餃子，你吃不吃得慣？」他們問我。

「吃得慣，很好吃，」我又一次笑著撒謊。

我記起這些二十多年前的舊事，是因爲最近看了勝見洋一以此獲得二〇〇〇年SUNTORY學藝獎的《中國料理的迷宮》。

勝見洋一是東京一家古董老字號的少爺。自從七〇年代初，應中央文物研究所之邀，多次去北京鑑定美術品。

那是文化大革命時期，去中國大陸的外國人相當有限。勝見洋一長期住在北京飯店，被請到過各家有名餐廳。然而，他印象最深刻的，倒是當年的居民食堂。

極端的共產主義革命否定了家庭生活。城市居民不再在家裡做飯吃，反而每天兩次到居民委員會辦的食堂。裡頭有毛澤東石膏像和海報。一進去就要朗誦毛語錄，之後方能吃飯。

至於飯菜，根本沒得選擇，只有一種菜，以及清湯和窩窩頭。勝見洋一初次去居民食堂時，吃的粉絲白菜「難吃得令人吃驚」。他懷疑這一家的廚師手藝特別差，於是去了別的居民食堂，但是「味道完全一樣，簡直是規格品。」

那到底是甚麼樣的味道呢？勝見洋一寫：「既薄又酸，是貧窮而寂寞的味道。」

我到北京時，好像已經沒有了居民食堂，但是大學食堂的水平仍然非常低。幾年後學生上街遊行，對當局提出的幾項要求之一，便是「提高伙食水平」。

後來，我在大陸各地，以及香港、台灣，吃到了各種美味。如今我特別想念當年在北京偶爾吃到的，較爲不錯的北京菜，例如木須肉、宮保肉丁，還有地道的北京烤鴨、肉包子等等，等等。

得獎作品

日本文壇最重要的兩個文學獎是芥川獎和直木獎，分別紀念兩個小說家：芥川龍之介和直木三十五。雖然另外也有川端康成獎、谷崎潤一郎獎等等，就社會注目的程度而言，遠遠比不上芥川、直木獎了。例如，電視的晚間新聞節目訪問獲得者的，好像只有這兩個獎。

有趣的是，芥川獎和直木獎都是私營出版社《文藝春秋》舉辦的。自從一九三五年起，每年春天和秋天，給傑出的純文學新作家頒發芥川獎；至於直木獎獲得者，則是在大眾小說領域裡有了成就的中堅作家。

在六十六年的歷史裡，只有戰爭剛結束後的幾年停辦過。二〇〇一年初發表了第一百二十四屆的獲得作品：青來有一的《聖水》和堀江敏幸的《狗熊鋪路石》（芥川獎），以及重松清的《維他命F》和山本文緒的《Planaria》。

雖說是私營出版社頒發的，兩個文學獎的對象作品不限於自己公司印行的小說。獲得了本一屆芥川獎的《狗熊鋪路石》本來發表在講談社的純文學雜誌《群像》上的；直木獎的《維他命F》更是新潮社出版的單行本。不過，發獎以後，主辦單位的兩份月刊《文藝春秋》

和《ALL讀物》一定重新刊載得獎作品。

當代有名氣的日本作家，一般都得過芥川獎或者直木獎。比如說，大江健三郎、石原愼太郎、村上龍、柳美里，都得過芥川獎；山田詠美、林眞理子則得過直木獎。但是，也有些重要作家一直受冷落，包括村上春樹和吉本芭娜娜。

每次發表芥川、直木獎，日本全國的大小書店同時擺出獲得者的作品。不僅是得獎作品，而且作者很多年前問世的書都統統拿出來賣。直到八〇年代，只要得過芥川、直木獎的作品，自動成爲暢銷書。當年，平時不看書的人都覺得非看芥川、直木獎作品不可。如今多數日本人已經不看小說了，尤其是藝術性純文學作品的市場一年比一年小。無論如何，「芥川獎」三個字對小說家來說，仍然是永遠發亮的動章，雖然不一定帶來經濟上的效益。相比之下，大眾文學作品的印發量本來就多幾倍，至今「直木獎」三個字起的廣告作用也不小。

這一屆的四個獲得者當中，引起我最大興趣的，乃是以《狗熊鋪路石》得了芥川獎的堀江敏幸。他是一九六四年出生的法國文學專家，現任明治大學副教授，九八年問世的散文集《auparavant》得過三島由紀夫獎。

到附近的書店看，堀江的作品有三本：講談社趕緊出版的單行本《狗熊鋪路石》以及各出版社乘機重印的《auparavant》（青土社）和《往郊外》（九五年，白水社）。他的作品與其說是小說，倒不如說是散文，但是作爲散文，又相當特別，非常接近小說的。《狗熊鋪路石》和《auparavant》寫的都是作者在法國時候的經驗。

「auparavant」是指「以前、首先」的法語詞兒，作者說，聽起來很過時，當地法國人已經不用了。然而，旅居巴黎的中國學生學者，人人都經常用這個詞兒；原來，大陸發行的袖珍漢法詞典裡，相當於「以前」的詞兒，只有這一個。

有一天，在宿舍食堂，作者跟四十歲左右的中國人聊天。彼此的法語水平差不多，詞彙量都很有限。講到過去，對方想了許久，才說出：「auparavant！」宿舍裡的中國學生把他叫作「老師」，到底是甚麼方面的老師，作者卻一直搞不清楚，直到他搬出去，未料，在巴黎十三區唐人街，作者遇到那位中國「老師」，兩人莫名其妙地打起乒乓球。「老師」技巧很出色，作者也曾經是個乒乓球隊員……。

以外國爲背景的故事，有語言的障礙和文化的距離，一方面會很模糊；另一方面，如果講得好，也會跟小時候聽過的西洋童話一般地刺激讀者的想像力。堀江敏幸在《auparavant》裡描繪的中國老師，奇妙地彷彿傳說中的神仙。

島國文學

美籍日文作家 Hideo（英雄）Levy 的新書《寫日語的房間》二〇〇一年一月底問世，日本各大報的書評員都給以正面的評價。

他是猶太裔美國人，作爲外交官的兒子，在台灣、香港兩地長大。雖說沒有日本血統，他跟日本倒很有緣分。首先是他的日本名字。原來，他父親曾經有個好朋友叫「Hideo（英雄）」乃日裔美國人，戰爭時期在集中營去世了。小時候，Hideo（英雄）Levy 沒到過日本，但是，父親在台中工作時，全家住在日本房子。就是那一段期間，父親跟上海女人談上戀愛，母親則回美國去了。十六歲隨父親來日本的時候，他像是半個孤兒，不久就離開橫濱美國領事館，跑到東京的鬧區新宿去了。正逢學生運動很活躍、嬉皮佔領車站廣場的六〇年代，有日本名字的美國小孩發現日本的過程，同時也是他發現人生的過程。

後來，他回美國研究日本文學，拿到了博士學位，並在普林斯頓等大學任教。翻譯古代詩集《萬葉集》獲得全美圖書獎的他，快到四十歲的時候卻放棄美國的生活和職位，來日本當專業作家了。一九八九年，他發表的小說《聽不到星條旗的房間》被評爲「美國人用日文寫的第一部現代文學作品」。接著，散文集《日語的勝利》也問世了。

我感到很興奮，終於有人用日語寫移民文學了。同一時期，在英美和歐洲大陸，東方以及中南美出身的作家陸續登上各國文壇，成爲世界文學的新潮流。在日本，則有一大批中國大陸來的留學生開始發表日文小說、散文、報告文學等。至於歐美籍作家，在Hideo（英雄）Levy 之後，有瑞士人 David Zoppetti，最近更出現了一個美國人用日文寫現代詩而獲得享有聲望的中原中也獎。

到底這世界在變化。我以樂觀的心情打開《寫日語的房間》，給潑了冷水，不是因爲Hideo（英雄）Levy 變了，而是因爲新書的內容跟九年前問世的《日語的勝利》幾乎完全一樣。他散文的題目，仍舊是〈爲甚麼用日語寫〉，具體而言，小時候在台中的回憶和青春期在新宿的經驗。過去十年生活在日本，他卻經常訪問中國大陸，爲了重現從一個語言到另一個語言的越界經驗。

岩波書店出版的新書，以作者書房的照片爲封面。破舊和式房間的榻榻米上擺滿了書本雜誌，桌子上則林立酒瓶，令人想起三十年前日本作家過的日子。說起來都很奇妙，僅僅十年前令人覺得很新鮮的外籍作家，如今倒散發著懷舊的氣氛。這恐怕跟日本文壇很封閉的島國心態直接有關。

討論《寫日語的房間》的報紙評論，連一個例外都沒有地說「Hideo（英雄）Levy 代表日本文壇的國際化」。但是，這說法已經十多年沒有變，而且很不準確。實際上，日本文壇歡迎像他那樣的外籍作家，只要他們願意停留在邊緣上，專門發表以「國際化」爲主題的作品。Hideo（英雄）Levy 自己沒有明寫，但是一定感覺到這種壓力了。否則，他不會一方面強烈地憧憬日本作家的生活，另一方面又強迫性地重複越界經驗。

在《寫日語的房間》裡，作者講到自己特殊的地位。在西方造成了新潮流的外籍作家們，乃均是非西方人用西方語言寫作的。然而他自己，倒作爲西方人用非西方語言寫作。這無疑是非常敏感的問題，因爲歷史上，總是被征服的民族學習勝利者語言的。當然有例外，但例外始終是個別的，不能成爲潮流。

老實說，我有點同情 Hideo（英雄）Levy。如果他選擇的非西方語言不是日語，而是中文的話，就不必老拘泥這種問題的。中文向來是不同族群之間的共同語言，因而有包容性，主要功能是溝通。相比之下，日語是地方語言，排他性很強，容易成爲歧視的工具。雖然我對《寫日語的房間》感到失望，但照樣支持作者的努力，也將繼續關注他的作品。

形而上學推理小說

「形而上學推理小說」是松浦壽輝作品《巴》書皮上印的宣傳字句。他是一九五四年出生的東京大學教授，曾出過多本詩集、評論集、小人兒書、電影評論等等，去年以《腐花》獲得了芥川獎。顯然是多才多藝的文人，令人聯想到寫過《玫瑰的名字》等小說的義大利符號學家 Umberto Eco。

《巴》問世以後，日本各報紙書評欄目給的評價均很高。我也匆匆到書店買來看。果然，這部長達三百七十頁的抽象小說相當好看，我連續兩晚幾乎忘記睡覺了。

黃昏時分，用日文說是「逢魔時」或者「大禍時」，因爲人見到鬼一般都是這個時候。《巴》的主人翁，三十四歲的大槻，有一天下午在東京文京區送走情人時，看到跟鮮血一般赤紅的夕陽。接著他走進一家大住宅，乃老書法家篝山的住所。篝山說有份工作要大槻做。可是，說明工作內容之前，老書法家先要喝著薄荷茶談一下獨特的時間哲學……。

院子裡有玻璃溫室。在那兒，篝山給大槻看一部電影。十多歲少女和中年大漢的露骨性愛場面，中間夾有各種昆蟲的生態。大槻看著，一方面覺得噁心，另一方面又很興奮。放映完畢後，他看到那個少女站在院子裡。原來她是篝山的孫女朋繪。老書法家說，要大槻拍這部電影的第二部分。

大槻曾經是名門東京大學的學生，然而怠學嚴重，被開除了。有一次，差一點就勒死了情婦，後來長期生活在正常社會之外。幾年前，在「東洋經濟研究所」當騙子幫手時，有個夥伴杉本，如今在篝山下邊做事情，就是他要大槻加入影片計畫的。

雖然篝山提出的報酬很可觀，大槻覺得有所恐怖，不大想做。可是，篝山等人知道他曾在大學時代拍過電影，也知道他差一點就殺死了情婦的前科，甚至前兩年他濫用迷幻藥，人家都知道得清清楚楚。受到了直接間接的恐嚇，大槻最後不能不同意了。

篝山的孫女朋繪是個孤兒。她在香港出生後不久，有義大利血統的母親去世，後來跟著報社特派員父親，在羅馬、倫敦等地方長大了。會說幾種語言，但是從來沒交過長期的朋友，她性格內向孤獨。父親在美國客死後，朋繪孤獨一人，由爺爺篝山收養，爲他做色情電影的女主角。

拍完了電影，但是大槻只收到一部分報酬而已，於是給篝山家打電話。未料，接電話的是他情婦寛子。難道她也加入了篝山的計畫?當晚，在寛子的引導下，大槻溜進篝山家。在院子裡，盛大的宴會在進行中，著名政治家都紛紛來參加。他看到在玻璃溫室裡，寛子跟影片男主角做愛，也不是正常的性愛，她給大漢施虐，而明顯得到快感的。大槻喝了大量的威士忌，酩酊大醉時，不知被誰攻擊，幾天後醒過來時，趟在醫院病床上。

那幾天的記憶，他幾乎失去了。不過，篝山的家好像是祕密的賣淫俱樂部，在不正常的性遊戲當中，曾死了不少人……。

從此，故事越來越像迷宮。大槻回到篝山家去，想知道到底人家爲甚麼把他捲入了計畫。但是，大住宅空盪盪，而且有人告訴他，老書法家篝山幾年前已經去世了，後來他弟弟冒充哥哥從事非法活動的……。

《巴》確實像推理小說，越看越不可思議，叫讀者手不釋卷。只是看到最後，作者也不給我們謎底，反而回到篝山當初給大槻講的時間哲學去。其實，女孩的名字「朋繪」跟書名「巴」在日文裡是同音，而「巴」字代表篝山獨特的時間觀念。怪不得宣傳字句說，這是一部形而上學推理小說。

有份報紙的書評說，《巴》最好看的部分是性愛場面的描述。不過，這絕不是一部色情小說，性愛場面也並不多。

松浦壽輝的文筆逼人看下去。看完《巴》之後，我的感想是：這部小說差一點沒有成爲傑作。也許，他下一部作品會。

秋天的夕陽

一九八〇年左右，日本文壇出現了一批新世代作家，專門寫關於亞洲各國的文章。其中，我印象最深刻的是《香港旅遊雜學筆記》的山口文憲以及《漢城習題》的關川夏央。山口於一九四七年出生，關川則比他小兩歲，均屬於日本的嬰兒潮一代。

他們也是此間自由作家的先驅。之前，在日本從事專業寫作的只有文人（包括小說家、詩人等）和報刊記者。當國家經濟起飛以後，才出現了多份圖文並茂的彩色雜誌，每期刊登較爲輕鬆的報告文學、散文等，其中關於海外的文章特受歡迎。寫那些作品的，多數是獨立的自由作家。

第一代自由作家大部分是年輕男性。作爲單身漢，他們隨時可以出國，也不必住在五星級飯店，加上當時很多人兼了攝影師，因而採訪費用相當低。

至於風格，當紅的自由作家往往在文章裡披露了私生活。尤其是山口文憲、關川夏央兩個人，經常在自己的散文裡講到了對方。他們都一個人住在東京杉並區的小公寓，晚上到附近通宵營業的連鎖餐廳吃飯、寫稿。女朋友不是沒有，但始終下不了決心結婚；一來自由作家的收入不穩定，二來實在太習慣於自由自在的生活方式了。

後來，他們的工作內容慢慢轉變；越來越少去海外，反而坐在書房裡寫作的時間逐漸多起來了。特別是關川夏央，他花幾年寫的、圍繞著夏目漱石等明治文人的漫畫原作得了獎，如今在文化界頗有地位了。同時，關於自己私生活的散文，他也不斷地發表。最近出了講談社文庫版的《中年單身生活》，則描述從九三年到九六年，作者四十四歲到四十七歲時候的生活感想。

曾經，日本經濟無比繁榮的八〇年代，三十多歲的關川夏央在《森林裡下的雨》等散文集披露的生活方式，雖然不時髦也不瀟灑，但確實有風格的。例如，單身漢深夜打開電冰箱，除了罐頭啤酒以外甚麼都沒有，於是騎摩托車兜風去，尋找通宵營業的餐廳。那種生活，顯然是某種選擇的結果。

到了經濟蕭條的九〇年代，作者也過了四十歲，單身生活慢慢不是選擇的結果了。在《中年單身生活》裡，他幾次談到跟朋友們一起蓋老人公寓的計畫，當初是開玩笑，後來倒認眞起來。因爲在日本，很多房東不願意給單身老人租房子，晚年沒地方住了可怎麼辦？

我周圍的單身職業女性，過了三十五、開始接近四十歲時，紛紛提取存款去買了自己的房子。之前，她們要麼跟父母一起住，或者一個人租房住，都沒有排斥有一天結婚的可能性。然而，一意識到四十歲，她們就變得現實；既然很可能一輩子都不結婚，不如趕快買房子準備單獨過晚年了。其實，岸本葉子等女性自由作家，已經寫了四十而買房子的經驗，出過書。

相比之下，單身男人覺悟得晚。過了四十，他們仍然開玩笑說：「若要結婚，應該在五十歲以前，否則人家會以爲你要她換尿布了。」同時，對買房子等具體的行動，他們卻遲遲不著手。單身漢往往沒有足夠的儲蓄，大概是一個原因；不過，他們也在等白馬公主似的。

至於爲甚麼沒結婚，關川夏央在《中年單身生活》開頭的一篇裡寫，其實二十幾歲時他曾結過一次婚。當時太年輕，對生活不認眞，最後離婚時，前妻對他說：「徒刑十八年。今後十八年，我不准你再婚。」轉眼之間，已經過了二十年。跟十年前不同，四十多歲單身漢的生活中出現的女人不再是年輕姑娘，而是做了寡婦、自己帶孩子的老同學。看著她眼睛周圍的皺紋，他覺得很有味道，但是絕不會求婚。

《中年單身生活》的後記裡，今天已過了五十歲的單身作家說：寫這些文章的時候，婚姻很像是夜霧那邊閃爍的燈火，他仍抱有希望，於是有時傷感；現在可不同，沒有了希望，因而不再傷感，感覺猶如寂寞地笑著送行秋天的夕陽。

奇怪的老伴

《奇怪的老伴》是詩人高橋順子最近問世的散文集。她四十九歲的時候，跟四十八歲的小說家車谷長吉結婚，而他是日本文壇首屈一指的怪人。

據說，有一次，車谷只穿著一條內褲出去上班，到了辦公室才發覺，然後就那樣坐火車回家穿衣服去了。他自己在一篇文章裡說：「在家的時候，從來不拉上褲子的拉鍊，我早就習慣了，但是老婆好像還不習慣。」他也每天早上向太太報告當天的糞便是甚麼形狀。有趣的是，這麼個怪漢，竟然找得到女人願意嫁給他。

在《奇怪的老伴》裡，高橋寫，有一年，她每個月都收到了同一個人寄來的一張明信片，是寄信人自己畫了畫兒的，那就是車谷長吉。他看了高橋寫的一首詩而確信找到了心靈的夥伴。最後在她面前出現的求愛者，把頭髮剪得極短，拎著破爛的布袋。但是，顯然老天爺做了媒，不久兩人正式結婚了。

四十八歲的新郎和四十九歲的新娘，都是第一次結婚，在東京文京區租破舊的平房開始了新婚生活。當初過了浪漫幸福的日子，只是沒有維持多久。首先，車谷的收入突然下降。本來，他每天上班，後來公司說一週只來兩次就可以，跟著又說完全不用上班了。新郎失去了固定的收入，夫妻連破舊的平房都租不起，非得搬家不可。以後的日子，要靠新娘一個人的收入了。

高橋順子東京大學法國文學系畢業以後，邊在神田神保町的出版社工作、邊寫詩發表，後來獨立，幫別人出書了。雖說單槍匹馬的零星出版社不會賺錢，但也不會虧本，沒結婚以前她偶爾參加旅行團去過海外。至於車谷長吉，其實也是名校慶應大學的畢業生。然而脾氣一直古怪，上了幾年班以後，到關西一帶當廚師長達九年，後來又回東京，邊上班、邊寫小說了。一九九四年，車谷長吉以第一本小說集《鹽壺匙》得了藝術選獎文部大臣新人獎。

失業以後，他專心寫小說，想得到芥川獎而做暢銷作家。作品《漂流物》獲得好評，但是那年日本發生了神戶大地震和地鐵毒藥案件，選拔委員認爲以殺人爲主題的《漂流物》對社會的影響不好，不可以給芥川獎。傷心的車谷長吉，做了選委的人形，午夜帶到附近的神社去打釘子詛咒。

跟著他寫成《赤目四十八瀑布殉情未遂》，以此獲得了九八年的直木獎。然而好事多磨，大概太集中精神寫作的緣故，結婚兩年四個月以後，車谷長吉發了恐懼性精神病。

他有幻覺、幻視、幻聽，地板不再水平，樹葉忽然長起來要刺殺他。恐懼性精神病的主要症狀是不停地洗手。高橋坐在自己的房間裡，整天都聽得到車谷洗手的水音。如果她出來，他就要拿抹布擦家裡所有的地板了，因爲地板髒、她襪子髒、她雙腳髒……。如果她上洗手間，他就害怕馬桶會堵塞而逆流。發精神病的丈夫限制妻子的種種行爲，使她覺得，兩人簡直生活在虛構裡。她得了讀賣文學獎的詩集《時雨》，乃專門描述當時的日子。

後來，車谷看醫生吃藥，症狀減輕，但是沒有完全治好。尤其當他寫小說的時候，精神壓力很大，容易導致舊病復發。爲了使他放鬆，高橋提議在家定期開「句會」。於是開始，每星期一晚上，吃完飯、洗完碗以後，夫妻一起作俳句。《奇怪的老伴》也收錄著某一次夫妻句會的紀錄。丈夫是小說家，妻子是詩人，對於俳句兩人均爲外行，在句會上都很放鬆，氣氛猶如兩個孩子玩耍。

從事創作的藝術家當中，其實怪人可不少。有些怪人跟完全正常的人結婚，通過她（他）跟社會打交道。像車谷長吉，經文字找到心靈夥伴，然後盡情發精神病，同時發揮才能到極點的例子，據我所知並不多。高橋說，自己除了寫詩以外，並不是特別的女人。不過，陪了幾年的精神病患者以後，仍然能說「結婚是很好的制度」，我覺得實在不一般。

美麗田　好評發售中

美麗田028

單車飛起來

⊙林姬瑩＆江秋萍　定價220元

上天總是適時地安排一些看似無法克服的障礙和困難，卻又往往在最後爲你準備了一份特別的禮物，而你必須經歷過程中的掙扎和煎熬，於是當你親自打開它時，才會懂得珍惜。《單車飛起來》獻給勇於接受挑戰的朋友們，讓我們的夢想能夠繼續自由地飛翔。

語言讓人更自信

⊙胡婉玲　定價199元

美麗田029

這是一本介於自傳、語言學習法以及勵志哲學觀的混合文體，民視主播胡婉玲透過時間循序漸進地記錄個人經歷，再融入對於自我建設信心、學習語言的理念看法等。期望讀者們從書中汲取經驗，營造適合自己的語言學習環境，建構屬於自己的生活語言運用網。隨書附贈胡婉玲採訪CD中英文雙語有聲書

美麗田030

快樂自己來——生活點子雜貨舖

⊙李性蓁　定價190元

自由自在一個人，錄下電車的廣播，想在哪裡下車就在哪裡下車；設計一份Special的菜單、送一份創意的小禮物給心愛男友；即使是偶像劇也可以感動得痛哭流涕……後青春期美少女李性蓁的生活點子雜貨舖創意十足、魅力無窮。

美麗田031

朵朵小語

文⊙朵朵　圖⊙萬歲少女　定價200元

用心灌溉快樂和希望的種子，爲你的人生開出美麗微笑的幸福花朵！自由時報花編副刊最受歡迎的專欄集成書。是心靈的維他命，生活的百憂解。

甫上市即榮獲金石堂暢銷書排行榜、金石堂暢銷Top100

美麗田032

夢酥酥

圖文⊙商少真　定價350元／超值價249元

你昨日有沒有做夢？是讓你流口水一直回味的好夢嗎？還是討厭的最好忘光光的壞夢？夢的世界無法想像，但是商少眞全部幫你畫出來了。商少眞第一本關於夢的書，華麗而豐富的圖文，絕對讓你愛不釋手，還會尖叫卡哇伊！

東京人

⊙新井一二三　定價200元

美麗田033

本書是新井離鄉背井的海外故事，有淚痕、有歡笑的青春紀念冊。獨特的新井一二三，有著不同於追求世界和自我的方式，當我們慢慢品味著她的國際經驗，相對也改變我們觀看的視野。而人生不就是因爲獨特的價值觀，累積了我們豐富的眺望，進而反芻、回味、沉澱，而有了自己的幸福。

美麗田　好評發售中

美麗田034

涼風的味道

⊙紅膠囊　定價250元

高溫36℃，在藍色游泳池裡飛翔，彷彿有爵士樂，想到冰鎮啤酒，和那一年夏天遇見的她。如果需要洗滌、如果不在夏天，請小心保存紅膠囊創作《涼風的味道》，是精神除濕機也是心靈洗衣機，讓我們徹底乾爽、清涼朦朧、薄荷迷幻、消暑解渴、抗壓止痛、繼續搖擺……

誠品書店年度TOP好書

我看見聲音——王曉書聽不見的故事

美麗田035

圖文⊙王曉書　定價230元

她聽不見聲音，卻從來不自卑。一句「Trust me! You can make it.」成爲人人皆知的國際名模，她努力打破聽障限制，不怕無聲的世界一片孤單，卻害怕沒有學習的機會。一個聽障生勇敢突破障礙與不便，她讓你看見希望的聲音。王曉書第一次用文字和圖畫表達自己的內心世界，是城市中最美麗的聲音。

朵朵小語2

美麗田036

文字⊙朵朵　圖畫⊙萬歲少女　定價200元

《朵朵小語2》裡有一則又一則令你覺得舒服的話語。舒服得就像三月的小雨，六月的微風，九月的白雲，十二月的陽光。朵朵彷彿是一個溫柔的小女巫，告訴你如何使用心靈的魔法，在你的「生活帽子」裡變出「快樂的花朵」。生活裡難免有悲傷，憤怒，沮喪，被人誤解的時候……《朵朵小語2》可以是你生活中一把溫暖的熨斗，燙平你心底的寒冷與崎嶇。金石堂暢銷排行榜、年度Top100

猛趣味

美麗田037

松山猛⊙著　郭清華⊙譯　定價250元

相不相信一對手套，可以讓人更有氣質。下雨天的時候，你有一雙雨鞋嗎？可以陪你度過漫長的雨季和下雨的日子。Polo衫是一種可以享受穿著樂趣的衣服。行李箱，是一種收藏記憶的裝備。好東西一個人不獨享，日本享樂品味專家，松山猛的《猛趣味》，告訴你享受人生寶物的最高境界！擁有品味，就從《猛趣味》開始。

美麗田039

櫻花寓言

⊙新井一二三　定價200元

移民加拿大時她拚命想做外國人，朋友卻認爲她是道地的日本人，在東京老家，父母兄弟姊妹一直當她是外國人，新井一二三寫青春歲月的滾燙心思，每個人都有機會選擇自己想要的生活方式，希望這本書可以給你幾許依靠、幾許膽量。

冰箱開門——娃娃的快樂食譜

美麗田040

⊙娃娃　攝影⊙黃仁益　定價250元

冰箱裡的剩菜剩飯怎麼辦？少了蔥、少了蒜如何料理？娃娃總有巧思告訴你，如何利用剩餘材料烹調出五星級料理，即使沒有烹調經驗的人，都可以按照這本快樂食譜來「辦桌」呢？52道美味料理讓你輕鬆上菜，每一天都可以和家人快樂吃飯，歡樂相聚分享每一刻！

美麗田　好評發售中

美麗田041

悲傷牛弟

⊙朱亞君　定價 200元

《總裁獅子心》、《乞丐囝仔》幕後眞正的推手——朱亞君第一本溫暖人心之作。作者以生花妙筆細膩寫出了鮮活的牛弟，牠有敏感的嗅覺、超強的自尊心，牠會微笑、會寂寞、會嫉妒，牛弟成爲不可或缺的家人，我認識了牛弟愛上牠，彷彿也認識了作者，而愛上她眞性情的故事。

小野、吳淡如、侯文詠、蔡康永、幾米、阿貴誠摯熱情推薦

親愛的，我把肚子搞大了

美麗田042

⊙于美人　定價 180元

她曾是補習班的至聖鮮師，高四班最受歡迎的于美人老師；她也是廣播名嘴，擁有忠實聽眾一脫拉庫。一個急切需要精子的女人，一段克服懷孕症候群初爲人母的心情轉折，于美人大膽公開「做人」的酸甜苦辣！

新學友暢銷排行榜

美麗田043

女主播週記

⊙盧秀芳　定價 180元

東森新聞主播盧秀芳，酸甜苦辣寫週記，天生害羞卻已經做了十五年的新聞工作，當初是「娃娃報新聞」，現在是主播台上資深媒體人，站在新聞工作第一線，越是危險的地方，越要勇敢向前；她說，做自己最重要，當然更要爲自己加油！笑淚縱橫裡，我們看到專業的新聞光芒閃閃發亮。

可愛日本人

⊙新井一二三　定價 200元

美麗田044

戀愛教主山田詠美，永遠抓住每一代年輕人的心，撫慰了許多在戀愛中受過傷的人；村上春樹卻每天看上百封電子郵件，寫了六千多封回信；柳美里逼視生存本質，爲了生命的誕生和再生，她要盡量獻身；新井一二三在這些可愛、可憐、可敬的日本文人裡，爲我們打開一扇接近幸福的窗口。

美麗田045

朵朵小語——飛翔的心靈

文⊙朵朵　圖畫⊙萬歲少女　定價 200元

人生不會永遠處於低潮，就像天空不會永遠掛滿雨滴一樣。這次朵朵將提供你飛翔心靈的座右銘，帶你一起穿越灰色的雲層，給你力量，爲你消除心情障礙，時時刻刻都可以展翅高飛，迎向陽光！

金石堂Top100年度暢銷書

快樂粉紅豬

美麗田046

⊙鍾欣凌　定價200元

大家都說胖就是懶、就是粗心、就是很有力氣，胖就是不怕受傷害？但是另類胖子鍾欣凌不懶、不粗心，因爲「胖」更有人緣，因爲樂觀，胖得更開心！流行減肥，注重外表，笑「胖」不笑娼的社會，快樂粉紅豬鍾欣凌，在胖胖的身體裡面，重新找到自我價值的力量！

美麗田　好評發售中

美麗田047

擁抱自信人生

⊙吳淡如　定價 200元

常說時間能改變一切，其實那一切要由你的信心來改變。吳淡如將自己坦然誠實的價值觀與人生掙扎的經驗，提供給你希望的目標與立志方向。要求自我長進，別再作繭自縛，擁有自信人生，你才可以盡情享受生命！　　金石堂年度Top100暢銷書

找到勇氣活下去

美麗田048

⊙胡曉菁　定價 220元

她曾經是學校頭痛的不良少女，卻成為超人氣的少女偶像；在螢光幕前是人人稱羨的明星，最後卻住進精神病院；人生曲折翻轉的挫折打擊，一次又一次面臨命運的搏鬥關卡，她活了下來……胡曉菁的解凍人生，一本光照身心靈的見證之書，幫助你找到愛的台階，一步一步站起來、往上爬！

美麗田049

有時候我們相愛

⊙朱亞君　定價 200元

《有時候我們相愛》為難得一見擲地有聲的愛情散文，教你思索愛是怎麼一回事。朱亞君在出版界工作十年，創造出《總裁獅子心》、《乞丐囝仔》等暢銷書的奇蹟，以敏銳的嗅覺與孜孜不倦的精神開創出一片天，2000年度獲選中國時報最佳風雲編輯獎。朱亞君的愛情私語錄，測量你的幸福方向感，為你找到愛情純粹的力量！

我的祕密花園

美麗田050

文字⊙李明純　圖⊙陳潼　定價 200元

現在只要花260元就可以改變平淡無奇的樓梯間；區區300元就讓浴室像森林一樣，天天能夠免費森呼吸；480元變裝家中舊櫥櫃，一個魔術佈置，廢物也能成為資源；自由時報家庭婦女版生活專欄《我的祕密花園》集結成書，豐富的想像力，讓我們看到一個會呼吸的家。

美麗田051

有時候懶一點反而好

文字⊙黃韻玲　圖⊙黃韻真　定價 180元

《有時候懶一點反而好》是黃韻玲從事音樂之路以來首次發表的個人故事，出身大家庭裡的溫馨背景、童年的旺盛表演欲，加上興趣清楚、目標明確，有人一路拿獎學金名列前茅、有人一天賺進百萬、有人生活的計畫就是減肥，而黃韻玲一心的堅持，就是有時候懶一點，但絕對忠於自己，勇於往自己的目標奔跑！

小惡童日記

美麗田052

⊙曾玲　定價 200元

如果沒有任天堂、沒有電視、沒有網路，你的童年會在哪裡？如果只去網咖、漫畫出租店、偶像握手會，你的童年回憶會是什麼？曾玲的《小惡童日記》，充滿溫暖的陽光、綠野的芬芳，一家人的赤子之心創造了一座綠色的遊樂場，等你加入！

美麗田　好評發售中

美麗田053

朵朵小語——輕盈的生活

文字⊙朵朵　圖畫⊙萬歲少女　定價200元

人生不是短跑競賽，也不是馬拉松比賽，而是穿著適合的鞋，走自己的路！《朵朵小語——輕盈的生活》幫你找到散步人生的方法，創造每一天都是新鮮的深呼吸。

美麗田054

讀日派

⊙新井一二三　定價200元

當濱崎步的視覺系再也無法滿足你，當日本偶像劇的幸福再也不能感動你，當各種解讀日本的文字只讓你看過就算了，你一定只想要這一本。

美麗田055

爲自己的幸福而活

⊙褚士瑩　定價200元

本書描繪了在短短十天的航程中，所帶來人生轉變的震撼，其實每個人最重要的，並不是找回過去的自己，而是在人生的段落歸零時，看似絕望的結果中，找到重新開始的契機。

華西街的一蕊花

⊙李明依　定價220元

從十三年前螢光幕的叛逆青春少女，目前躍升爲第一線節目主持人；從驚世駭俗、語不驚人，紅透半邊天的金鐘獎最佳女主角，現在是一個全然爲孩子付出的媽；李明依勇敢說出受虐的童年、叛逆的青春、婚姻的問題……這不是百集收視率長紅的八點檔，是她最眞實的人生！

美麗田056

學校好好玩——粉紅豬的快樂學園

美麗田057

⊙鍾欣凌　定價200元

粉紅豬鍾欣凌三生有幸進入「搬戲學校」，可是阿公卻說「搬戲」也要學喔？在一般人眼中他們是一群天兵之系，上課好像玩遊戲，三不五十和牆壁發生關係，在這裡美女不一定扮演白雪公主、醜男也可以呼風喚雨出頭天，粉紅豬一舉站上搞怪大本營，每一天都元氣滿滿，找到自信快樂表演……全書讓你大笑，喊讚啦！

從此我們失去聯絡

⊙林明謙　定價200元

美麗田058

愛的能量堆積在一千萬個一億萬個數不盡的普通日子裡，也會一瞬間消失在一個莫名其妙的理由中。如果有一天你和戀人從此失去聯絡，也不要覺得傷痕累累，因爲一定有另一個人保持著愛的能量，等你一起認眞相愛！

你如何購買大田出版的書？

這裡提供你幾種購書方式，
讓你更方便擁有一本真正的好書。

一、書店購買方式：
你可以直接到全省的連鎖書店或地方書店購買，而當你在書店找不到我們的書時，請大膽地向店員詢問！

二、信用卡訂閱方式：
你也可以填妥「信用卡訂購單」傳真到 04-23597123（信用卡訂購單索取專線 04-23595819 轉 230）

三、郵政劃撥方式：
戶名：知己實業股份有限公司　　帳號：15060393
通訊欄上請填妥叢書編號、書名、定價、總金額。

四、通信購書方式：
填妥訂購人的資料，連同支票一起寄台中市 407 工業 30 路 1 號知己實業股份有限公司收。

五、購書折扣優惠：
購買單本九折，五本以上八五折，十本以上八折，若需要掛號請付掛號費 30 元。（我們將在接到訂購單後立即處理，你可以在一星期之內收到書。）

六、購書詢問：
非常感謝你對大田出版社的支持，如果有任何購書上的疑問請你直接打服務專線 04-23595819 或傳真 04-23597123 ，以及 Email：itmt@ms55.hinet.net

我們將有專人為你提供完善的服務。
大田出版天天陪你一起讀好書！

歡迎免費訂閱《大田電子報》，請到「奇摩電子報」（http://letter.kimo.com.tw）
每週五出刊一次，最新最熱的新書資訊及作者動態都可以在裡面看得到，而且有任何的活動都會第一手發布在電子報中，歡迎希望得到固定書訊的讀者朋友訂閱。

我們也幫朵朵辦了**朵朵小報**！每週四出刊。其中報長留言版更是朵朵會定時出沒的地方，喜歡朵朵的朋友可以到 Gigigaga 發報台的名人特報區看到朵朵小報 http://gpaper.gigigaga.com/default.asp

國家圖書館出版品預行編目資料

東京的女兒／新井一二三著；——初版.——臺北
市：大田，民91
面；　公分.——（美麗田；059）
ISBN 957-455-254-3(平裝)

861.6　　　　91011628

美麗田 059

東京的女兒

作者：新井一二三
發行人：吳怡芬
出版者：大田出版有限公司
台北市106羅斯福路二段79號4樓之9
E-mail:titan3@ms22.hinet.net
http://www.morning-star.com.tw
編輯部專線（02）23696315
傳真（02）23691275
【如果您對本書或本出版公司有任何意見，歡迎來電】
行政院新聞局版台業字第397號
法律顧問：甘龍強律師

總編輯：莊培園
主編：蔡鳳儀
企劃：樊香凝
美術設計：純美術設計
校對：陳佩伶/耿立予/蘇清霖/新井一二三

印刷：耀隆印刷事業股份有限公司
初版：二○○二年（民91）八月三十日
定價：200元

總經銷：知己實業股份有限公司
（台北公司）台北市106羅斯福路二段79號4樓之9
TEL:(02)23672044・23672047　FAX:(02)23635741
郵政劃撥：15060393
（台中公司）台中市407工業30路1號
TEL:(04)23595819　FAX:(04)23595493

國際書碼：ISBN 957-455-254-3 / CIP:861.6/91011628
Printed in Taiwan
版權所有・翻印必究
如有破損或裝訂錯誤，請寄回本公司更換

廣	告	回	郵
北區郵政管理局登			
記證北台字11049號			
免	貼	郵	票

大田出版有限公司　編輯部收

地址：台北市106羅斯福路二段79號4樓之9
電話：（02）23696315-6　傳真：（02）23691275
E-mail：titan3@ms22.hinet.net

＊請沿虛線剪下，對摺裝訂寄回，謝謝！

地址：.................................

姓名：.................................

TITAN
大田出版

智　慧　與　美　麗　的　許　諾　之　地

＊請沿虛線剪下，對摺裝訂寄回，謝謝！

閱讀是享樂的原貌，閱讀是隨時隨地可以展開的精神冒險。

因爲你發現了這本書，所以你閱讀了。我們相信你，肯定有許多想法、感受！

讀 者 回 函

你可能是各種年齡、各種職業、各種學校、各種收入的代表，
這些社會身分雖然不重要，但是，我們希望在下一本書中也能找到你。

名字／＿＿＿＿＿＿＿ **性別／**□女 □男　**出生／**＿＿年＿＿月＿＿日

教育程度／＿＿＿＿＿＿＿＿＿＿

職業：□ 學生　□ 教師　□ 內勤職員　□ 家庭主婦
□ SOHO族　□ 企業主管　□ 服務業　□ 製造業
□ 醫藥護理　□ 軍警　□ 資訊業　□ 銷售業務
□ 其他＿＿＿＿＿＿＿＿

E-mail/＿＿＿＿＿＿＿＿＿＿＿＿＿　電話/＿＿＿＿＿＿＿＿

聯絡地址：＿＿＿＿＿＿＿＿＿＿＿＿＿＿＿＿＿＿＿

你如何發現這本書的？　**書名：東京的女兒**

□書店閒逛時＿＿＿＿＿書店 □不小心翻到報紙廣告（哪一份報？）＿＿＿＿＿

□朋友的男朋友（女朋友）灑狗血推薦 □聽到DJ在介紹＿＿＿＿＿＿＿

□其他各種可能性，是編輯沒想到的＿＿＿＿＿＿＿＿＿＿＿

你或許常常愛上新的咖啡廣告、新的偶像明星、新的衣服、新的香水……
但是，你怎麼愛上一本新書的？

□我覺得還滿便宜的啦！ □我被內容感動 □我對本書作者的作品有蒐集癖
□我最喜歡有贈品的書 □老實講「貴出版社」的整體包裝還滿 High 的 □以上皆非 □可能還有其他說法，請告訴我們你的說法

＿＿＿＿＿＿＿＿＿＿＿＿＿＿＿＿＿＿＿＿＿＿＿＿＿＿＿＿

你一定有不同凡響的閱讀嗜好，請告訴我們：

□ 哲學　□ 心理學　□ 宗教　□ 自然生態　□ 流行趨勢　□ 醫療保健
□ 財經企管　□ 史地　□ 傳記　□ 文學　□ 散文　□ 原住民
□ 小說　□ 親子叢書　□ 休閒旅遊□ 其他＿＿＿＿＿＿＿＿

一切的對談，都希望能夠彼此了解，否則溝通便無意義。
當然，如果你不把意見寄回來，我們也沒「轍」！
但是，都已經這樣掏心掏肺了，你還在猶豫什麼呢？
請說出對本書的其他意見：

大田出版有限公司編輯部 感謝您！